AF452488

IMPRIMERIE L. LÉPAGNEZ — DIJON

A LA MÉMOIRE

D'ÉMILE ROY

PUBLICATIONS DE L'UNIVERSITÉ DE DIJON
FASCICULE II

A LA MÉMOIRE
D'ÉMILE ROY

LIBRAIRES DÉPOSITAIRES

DIJON

BELLAIS, place du Théâtre.   REBOURSEAU, rue du Chapeau-Rouge.
DUGRIVEL, rue de la Liberté.   VENOT, place d'Armes.

PARIS

Editions Auguste PICARD, 82, rue Bonaparte (6e arrond')

1929

EMILE ROY
(1856-1929)

DISCOURS

PRONONCÉ PAR M. DAVY,

Doyen de la Faculté des Lettres,

aux obsèques de M. Roy, qui ont eu lieu à Nancy
le samedi 26 janvier 1929

A Emile ROY, professeur de littérature française à la Faculté des Lettres de Dijon, j'apporte l'hommage suprême de son Université dont le Recteur, en mission à l'étranger, regrette et s'excuse de n'être pas ici ; à notre confrère de l'Académie des Sciences, Arts et Belles-Lettres de Dijon l'hommage de notre Compagnie dont le Président, M. Estaunié, de l'Académie Française, m'a également ment chargé de le représenter ; à notre cher et excellent collègue enfin l'hommage désolé de sa Faculté.

La Faculté des Lettres de Dijon est aujourd'hui trop cruellement frappée, en effet, pour que son Doyen se résigne à se taire devant cette tombe où elle voit s'abîmer si prématurément comme une part d'elle-même avec celui qui lui a donné plus de 5o années de son cœur et de son intelligence. — D'un don si entier, si constant et si fécond elle lui doit et lui exprime, avec toute sa tendresse meurtrie, une reconnaissance qui, dans la piété du souvenir, saura conserver vivants le nom et l'exemple d'Emile ROY.

Qui de nous pourrait cesser de le voir se hâtant de sa Maison vers sa Faculté ? Il martèle le sol d'un pas saccadé où l'on croit lire, en même temps qu'une réponse ardente à l'appel quotidien du devoir, l'habitude de se donner sans ménagement et de se livrer sans réticence. Il serre sous son bras vigoureux la lourde serviette, trait d'union ambulant entre les divers lieux où cet aussi infatigable travailleur qu'inlassable professeur a installé ses recherches. Il monte là-haut vers ses élèves : la science qu'il leur distribue participe de la clarté qui baigne la salle et de la classique ordonnance de notre beau parc. La force de sa parole, soutenue à la fois par la vigueur physique, la sûreté du savoir et l'entrain de l'âme, dompte tous les bruits de la rue, et capte facilement toutes les attentions que conservent ensuite l'enjouement et l'humour qu'il mêle, comme d'instinct, aux développements les plus sévères. — Voilà le professeur.

Descendons maintenant dans les sous-sols de la Bibliothèque. Là, dans un coin qui lui est propre, le chercheur peine avec cette constance et cet entrain qui ne sont qu'à lui. Il nourrit son enseignement dont la clarté ne sera certes pas la parure du vide; il découvre aux spécialistes (qui le tiendront pour un maître) un champ inconnu, *Le Mystère du XIV⁰ siècle*, et il se fait un nom parmi ceux qui étudient le théâtre au Moyen Age.

Quel causeur aussi que cet érudit, d'une érudition jamais pédante, toujours souriante, et, grâce à sa rare mémoire, présente et égale à chaque occasion ! Ceux-là le savent qu'il a si souvent charmés, à sa table, ou essoufflés, à la promenade, — eux pourtant qui n'avaient qu'à suivre en écoutant. — Mais le verbe du causeur n'était pas moins alerte que le pas du marcheur ; et les plus jeunes devaient se presser pour ne rien perdre.

Et c'eût été dommage ; car il y avait toujours à apprendre. Comment ne pas évoquer cette causerie à la fois si érudite et si aimable dont il fit précéder, au Théâtre de Dijon, la représentation d'un mystère qu'il avait lui-même adapté pour la scène : *Le Mystère du Chevalier qui vendit sa femme au Diable?*

Si brillant que fût le causeur, l'érudit cependant ne consentait à le laisser parler que tout à fait maître de son sujet. En matière scientifique, à plus forte raison, ses scrupules étaient-ils infinis. Mais hélas ! si l'art est long, la vie est courte, Emile ROY devait l'éprouver cruellement puisqu'il meurt en laissant inachevé un ouvrage considérable sur cette littérature médiévale qu'il connaissait si bien.

Dur sacrifice, mais dont sa mémoire ne saurait souffrir, tant il avait déjà donné de preuves de sa maîtrise depuis sa thèse de doctorat, en 1891, sur Charles Sorel. Sa bibliographie étendue et variée fait alterner des études sur le XVI⁰ et le XVII⁰ siècle avec ses recherches si originales sur le théâtre du Moyen Age qui, entre 1901 et 1904, emplissent les tomes XI, XIII et XIV de la *Revue Bourguignonne de l'Enseignement Supérieur (Comédie sans titre — Mystère de la Passion)*. Et il convient de ne pas oublier les courtes et substantielles communications qu'il donna aux diverses Sociétés savantes de Bourgogne et aux Congrès scientifiques.

En même temps il soutenait le labeur souvent écrasant d'une carrière de professeur qui fut droite, utile et simple comme sa vie. Elève de l'Ecole Normale Supérieure de la promotion de 1877, il enseigna successivement, entre 1890 et 1895, aux Lycées de Nevers, de Clermont-Ferrand, de Nancy et de Besançon. En 1895, il devenait chargé de cours et, en 1897, professeur titulaire de littérature française à la Faculté des Lettres de Dijon, où il nous est resté jusqu'à l'heure de la retraite, qui le trouva chevalier de la Légion d'honneur et vice-président du Conseil de l'Université, promis, nous semblait-il encore, à de nombreuses années de labeur fécond.

Et voilà, hélas ! que nous le pleurons déjà, moins de deux ans après le décret qui le faisait professeur honoraire !

La considération scientifique et professionnelle qu'il acquit, comme sans le vouloir, appartiennent au public et doivent être dites publiquement.

Ce qui ne peut être qu'effleuré — car à faire plus on trahirait la totale modestie de celui qui part, et on irriterait la douleur de ceux qui restent — c'est ce que fut pour ses amis et pour les siens cet homme excellent. Devant la douleur de Mme ROY et de ses enfants il n'y a — comme devant ce cercueil qui enferme tant de vie et tant de bonté — que notre silence respectueux qui puisse exprimer tout ce que nous sentons.

L'ŒUVRE D'ÉMILE ROY

(1856-1929)

par Pierre TRAHARD,

Professeur de littérature française à la Faculté des Lettres de Dijon

---

Le catalogue de notre Bibliothèque Universitaire mentionne les deux thèses de M. Roy, et son édition de *Francion*. C'est peu, et quiconque se fierait au catalogue n'aurait de l'activité féconde du savant professeur qu'une idée très incomplète. Sans doute la faute en est-elle d'abord à M. Roy lui-même, dont le désintéressement et la modestie se plurent à cacher une œuvre dispersée. Ce nous est une raison de plus pour grouper ces fragments épars, dont plusieurs sont considérables, et pour restituer à cette œuvre une unité que l'analyse fera mieux paraître. Si, en effet, M. Roy étudia en premier lieu l'histoire littéraire du xviiᵉ siècle, si, dans la suite, son goût le porta vers le théâtre du Moyen Age, puis vers le xviᵉ siècle, il n'en reste pas moins vrai que ses livres obéissent à une pensée directrice, et sont sortis, pour ainsi dire, l'un de l'autre.

***

Le 24 septembre 1880, M. Roy quitte l'Ecole Normale Supérieure, et prépare aussitôt ses thèses de doctorat sous la direction de MM. L. Crouslé et G. Boissier dont il a été l'élève. Douze ans lui sont nécessaires pour mener à bien une lourde tâche, aggravée par la maladie et par la responsabilité de classes importantes et nombreuses aux lycées de Nevers, de Clermont-Ferrand et de Nancy.

La soutenance a lieu en Sorbonne en 1892 ; reçu brillamment docteur ès-lettres M. Roy entre, trois ans plus tard, dans l'Enseignement Supérieur.

La thèse principale porte sur *la Vie et les Œuvres de Charles Sorel, sieur de Souvigny* (1602-1674). Il serait outrecuidant de ma part de la vouloir juger ; on en a dit, ailleurs, tout le bien possible. Cette thèse est courte : M. Roy, formé à l'élégante école de M. Gaston Boissier, appartient en effet à cette heureuse génération qui pouvait se permettre de composer des thèses dont le poids ne fût pas la qualité principale. Il dit beaucoup en peu de pages, va droit son chemin, ne s'attarde pas, déblaie, mène vite aux conclusions le lecteur qui suit sans effort et ne s'essouffle jamais. C'est franc, direct, écrit en un style agréable et alerte, un peu saccadé parfois. L'auteur de *Cicéron et ses Amis* put retrouver sa marque dans un livre aussi dégagé, aussi net de pensée et de forme, où l'érudition — qui est considérable — se cache avec tant de souriante discrétion. C'était une bonne école —, un peu oubliée aujourd'hui, — que celle de Gaston Boissier.

On lit donc d'une haleine ce livre court et substantiel, où revit une des physionomies les plus curieuses du XVIIe siècle ; M. Roy n'a pas le culte de son héros, et il le laisse sagement au rang qu'il occupe dans l'histoire des lettres françaises, c'est-à-dire au second. Mais ce romancier exact, doublé d'un précieux, d'un historien et d'un polygraphe, cette « encyclopédie vivante », ce bourgeois narquois, cet observateur aigu, ce moderne, ennemi des règles dès 1627, qui nous mène d'Agnès Sorel aux *Précieuses Ridicules*, lui plaît infiniment. Que l'écrivain soit inégal et médiocre, peu importe ; il peint avec fidélité les mœurs de son temps et crée des personnages vrais : l'*Histoire Comique de Francion* est une excellente galerie de portraits et de caricatures, une vive peinture de la société, et elle annonce La Bruyère et Saint Simon. Que les romans de Sorel, sortis de la farce, tombent dans la bouffonnerie, peu importe : ils contiennent en germe la haute comédie. Le grand mérite du travail de M. Roy est de mettre en lumière la dette importante contractée envers Sorel par Molière : des *Précieuses Ridicules* au *Malade Imaginaire* Molière n'a cessé d'emprunter à son intelligent prédécesseur. Bel hommage, en vérité, rendu par le génie au talent ! Lui seul suffirait à justifier la thèse en question ; et si l'on ajoute que La Bruyère ne dut guère moins à Sorel que Molière, on mesurera l'importance d'un livre dont le sujet n'est mince qu'en apparence.

Au reste, l'activité d'un homme qui, auteur de romans, allie la fantaisie la plus extravagante à l'observation la plus fantaisiste, qui mène de front la lutte contre l'*Astrée* et celle de tous les romans du temps, attaque tous les poètes, anciens et modernes, et la poésie même, et la mythologie, qui inaugure le burlesque, montre les beautés poétiques du christianisme et fraye la voie à la comédie de caractère, cette activité prodigieuse n'est pas pour déplaire à l'exact historien de Sorel. M. Roy ne se sent-il point un peu de cette famille d'esprits éminents et curieux, aptes à embrasser beaucoup de choses et à voir loin ? On soupçonne cette instinctive sympathie dans la page où la nature intellectuelle de Sorel est heureusement saisie. « Ils sont nombreux dans notre histoire littéraire, ces rieurs mélancoliques, ces observateurs taciturnes, gens d'étude, de robe ou d'église, au regard narquois, aux lèvres minces, toujours prêtes à décocher une médisance. S'ils se rencontrent, car ils s'attirent et se connaissent, s'ils se réunissent chez l'un d'entre eux, dans quelque bibliothèque (presque tous sont érudits, d'une curiosité insatiable), alors les masques tombent, les langues se délient, chacun apporte ses observations, ses plaisanteries ; et quelquefois ces conversations deviennent des livres, des pamphlets, des lettres, des romans. Parmi ceux-là les ouvrages de Sorel ne feront pas trop mauvaise figure. » (p. 13).

Aussi M. Roy ne cesse-t-il de s'intéresser à Charles Sorel. En 1895 il inaugure son cours public à la Faculté des Lettres de Dijon par une leçon sur « *Les Lettres et la Société dans la première moitié du XVII⁰ siècle* », leçon qui fut publiée, en 1896, dans la *Revue Bourguignonne de l'Enseignement Supérieur* (T. VI, pp. 135-165). Sorel, ici, n'est que l'occasion d'étudier, selon le mot de Sainte-Beuve, « le débrouillement » de la littérature française entre Richelieu et Mazarin. M. Roy se garde avec soin de toute généralisation, car il considère que les idées générales et les lois sont ennemies de l'intérêt et de la vie. Il évite une autre erreur, qui consiste à négliger les écrivains secondaires : curieusement, il montre « comment la nature, éternelle pourvoyeuse, se complaît à recommencer éternellement les mêmes natures d'esprit, avec toutes les nuances et tous les degrés du talent au génie, et comment un Mairet ou un Scudéry a précédé Corneille, et le tendre Tristan le doux Racine. » (p. 143).

En 1897 il met en lumière un côté de cette vaste question dans son étude sur *la Poétique du Roman au XVII⁰ siècle,* que la *Revue Bourguignonne* publie également (T. VII, pp. 233-268). Charles Sorel cède ici le pas à l'*Amadis de Gaule*, à l'*Astrée*, aux héros de Mlle de Scudéry et de Mme de La Fayette, de Scarron et de Furetière. M. Roy démêle adroitement les origines compliquées du roman comique français, du roman pittoresque et du roman bourgeois ; il fait mieux : il marque, d'un trait sûr, l'évolution de l'art français qui, de la Calprenède aboutit à Corneille, de Mlle de Scudéry à Racine, c'est-à-dire qui, de la multiplicité des incidents et des chocs extérieurs, va lentement, mais sûrement, à la peinture de l'âme humaine. « L'âme humaine, dit l'auteur, une seule âme, avec son pouvoir de souffrir, est plus grande que la nature toute entière, et elle peut contenir plus de larmes et de tempêtes que « la mer stérile », comme dit le vieil Homère. » (p. 268).

Une note sur deux livres lus par Pascal, publiée en

1897 par la *Revue Bourguignonne*, apporte quelques précisions curieuses sur les dettes de Pascal à l'égard de Sénèque et de Saint-François de Sales (T. VII, p. 105). Mais Sorel n'est pas abandonné pour autant. Pendant près de vingt ans M. Roy prépare la savante édition de l'*Histoire Comique de Francion*, édition définitive au point de vue critique. La *Société des textes français modernes* en publie les trois volumes, de 1924 à 1928, avec introduction, variantes et notes. Peu s'en fallut que l'auteur ne vit pas la fin de ce patient et minutieux ouvrage.

La thèse complémentaire de M. Roy concerne encore le XVII⁰ siècle. Balzac est lié en quelque sorte à Ch. Sorel, avec qui il eut maille à partir, littérairement parlant. Ainsi M. Roy est amené à étudier Guez de Balzac, dont l'éloquence et le style soulevèrent tant de polémiques au XVII⁰ siècle ; il choisit la plus caractéristique de ces querelles grammaticales, et il l'expose avec sa clarté coutumière. *De Joan. Lud. Guezio Balzacio contra Dom. Joan. Gulonium disputante* (Hachette, in-8°, 1892), tel est le titre de cette étude subtile et féconde en résultats. Un seul regret : elle est, forcément, écrite en latin ; et si Gaston Boissier, « doctissimus vir », a pu en goûter l'élégante latinité, combien d'hommes de notre génération, moins experte dans le maniement des langues anciennes, peuvent en goûter le contenu ? En attendant une improbable traduction, ils ne feront donc qu'entrevoir le fougueux général des Feuillants, Jean Goulu, bataillant sans relâche, avec une âpreté que nous n'apportons plus en ces sortes de choses, contre Guez de Balzac, prince de l'éloquence française, et lançant contre lui, à trois reprises différentes, les *Lettres de Phyllarque à Ariste* (1627-1628). Rien n'est plus instructif, ni plus amusant, que de voir aux prises Ariste-Balzac et Phyllarque-Goulu à propos d'un mot, d'une expression, d'une faute de langage ou de goût. Les Français, assez peu portés vers la linguistique, ont toujours aimé, et aiment encore aujourd'hui, ces querelles grammaticales qui

occupent les gens oisifs et ont tout au moins l'avantage
de faire verser plus d'encre que de sang. Mais, au
xvi⁰ siècle, pareilles querelles s'enveniment, tournent à
l'aigre, et, sous la plume de Dom Goulu surtout, les
injures remplacent vite les arguments ; qui soupçonne-
rait aujourd'hui que toute la France était alors « empuan-
tie » par l'éloquence de ce bon Balzac ? Et c'est là la
moindre des gentillesses dont le général des Feuillants
comble son adversaire. Au reste, l'intérêt qu'offre cette
polémique n'est pas purement grammaticale, et M. Roy,
élargissant ses investigations, a su montrer tout ce que
Pascal, dans les *Provinciales*, et Molière, dans ses grandes
comédies, doivent littérairement à Balzac ; le chapitre
qu'il consacre à cette double dette est précis et neuf. On
s'étonnerait que les historiens de notre littérature n'en
tinssent pas compte plus souvent si, pour leur décharge
— ou pour leur honte — il ne fallait répéter que M. Roy
use d'une langue qui leur est devenue étrangère.

*
* *

Telles sont les études que M. Roy a consacrées au
xvii⁰ siècle. Ce n'est qu'un début ; car si, pour beaucoup
d'entre nous, la thèse est une fin, elle n'est pour lui qu'un
commencement. Le goût des études grammaticales ou,
plutôt de la langue française étudiée dans son exactitude
et dans ses nuances, par conséquent dans ses origines, et
la découverte d'un manuscrit du Moyen Age à la bibliothèque de Besançon, vers 1893, l'orientent définitivement
vers le xiv⁰ et vers le xv⁰ siècle.

Mais il se heurte à une grave difficulté : au temps
heureux de Gaston Boissier, la connaissance de l'ancien
français n'est pas requise des candidats à l'agrégation
des lettres. M. Roy ignore jusqu'au rudiment de la langue
de Villehardouin. Qu'à cela ne tienne! Il apprend cette
langue, tout seul, sans autre secours que celui des
grammaires et des lexiques ; il consacre à cette étude

ardue plusieurs années laborieuses, il se forme lui-même,
et, lorsqu'il est en possession de la langue, il aborde les
textes. Les travaux auxquels il va se livrer désormais
sont donc d'autant plus méritoires que M. Roy n'a pas eu
la préparation technique qui les lui eut facilités ; or, tous
les spécialistes s'accordent à reconnaître que sa connaissance des textes du Moyen Age fut vraiment profonde.

Dès lors commence pour lui un labeur nouveau et
acharné, que seule la mort pourra interrompre. M. Roy
dépouille les manuscrits du xiv⁰ et du xv⁰ siècle, les
déchiffre, les traduit, les annote, les commente, les
publie ; plusieurs, grâce à lui, ont retrouvé leur date de
composition et leur auteur. Le patient érudit a trans-
formé son cabinet de travail en une véritable cellule de
moine bénédictin, mais de moine qui sait rendre l'érudition aimable, qui parle avec une joie discrète de ce
qu'il connaît à merveille, qui charme les visiteurs par
une conversation alerte, variée, spirituelle, un peu caus-
tique parfois. Il est envahi par les fiches, mais il les
domine ; ce n'est pas une image de dire que le parquet de
son cabinet de travail est jonché de dossiers, de notes et
d'in-folios : le visiteur marche littéralement sur les mystères et les poèmes du Moyen Age. Le flot monte ; le
cabinet de travail ne suffit plus. Au grenier, des rayon-
nages supplémentaires et des caisses complaisantes
reçoivent le trop plein de cette érudition prodigieuse.
Les caisses débordant, il faut louer une remise pour
« hospitaliser » les précieux et encombrants papiers.
M. Roy court allègrement de sa maison à la Faculté ;
dans le sous-sol de la Bibliothèque Universitaire il s'est
réservé un coin solitaire : une petite table noire supporte
la masse des in-folios et des dossiers qui s'accumulent sans
cesse. Qui ne se souvient de s'être heurté à cette table
érudite, en plein couloir étroit, et de n'avoir rappelé à la
réalité le maître perdu dans ses rêveries médiévales? Si
l'on songe qu'à Paris, M. Roy fréquente aussi souvent
qu'il le peut le département des manuscrits de la *Biblio-*

thèque Nationale, que telles bibliothèques de province, comme celles de Besançon et de Nancy, lui sont familières, on imaginera le labeur de cette vie, son continuel et patient effort.

Labeur qui porte ses fruits ; car de ces énormes dossiers M. Roy tire des articles et des volumes dont la consécration est, aujourd'hui, définitive. Son goût le porte vers le théâtre du Moyen Age ; en moins de quatre ans il publie coup sur coup trois œuvres importantes : 1° *Etudes sur le théâtre français du XIV*e *et du XV*e *siècle. La Comédie sans titre,* publiée pour la première fois d'après le manuscrit latin 8163 de la Bibliothèque Nationale, et *les Miracles de Notre-Dame par personnages (Revue Bourguignonne de l'Enseignement supérieur,* 1901, T. XI, p. 309, *CCXVIIJ pages + 366 pages).*

2° *Etudes sur le théâtre français au XVI*e *siècle. Le Jour du Jugement, mystère français sur le Grand Schisme,* publiée pour la première fois d'après le manuscrit 579 de la Bibliothèque de Besançon *et les Mystères de Sainte Geneviève.* Paris, 1902, in-8°. (Extrait *des Mémoires de la Société d'Emulation du Doubs,* 1899, T. IV, p. 121-239 — 1900, T. V, p. 17-112 — 1901. T. VI, p. 115-160).

3° *Le Mystère de la Passion en France du XIV*e *au XVI*e *siècle. Etude sur les sources et le classement des Mystères de la Passion accompagné de textes inédits :* la *Passion d'Autun —* la *Passion bourguignonne de Semur; la Passion « secundum legem debet mori ».* 2 vol. in-8° (T. XIII et XIV de la *Revue Bourguignonne de l'Enseignement Supérieur :* 1903, 1re Partie, 204 pages — 1904, 2e Partie, p. 199 à 512).

La première de ces études, *La Comédie sans titre,* a 584 pages ; la seconde, *Le Jour du Jugement,* en a 258 ; la troisième, sur *Les Mystères de la Passion,* en a 517, et remplit 2 tomes de la *Revue Bourguignonne.*

Ce sont donc quatre livres complets ; il faut féliciter la *Revue Bourguignonne* d'en avoir publié 3, et il faut, en même temps, regretter que ces livres n'aient pas connu une publicité plus large. Edités séparément par un éditeur parisien, ils eussent été à la portée des érudits et du public, et ils se fussent répandus dans les bibliothèques françaises et étrangères. Mais M. Roy avait la modestie de son travail : être apprécié des seuls spécialistes lui fut une suffisante récompense. Toutefois il importe de souligner le désintéressement absolu de ce grand érudit : alors que tant de grimauds, qui n'ont rien à dire, entassent volume sur volume, lui, dont la science pouvait élever un monument, se contente de l'hospitalité d'une revue provinciale.

Je n'ai aucune compétence pour juger de semblables travaux ; mais de bons maîtres ont dit ce qu'il en fallait penser. La meilleure étude est incontestablement la troisième, celle qui traite du *Mystère de la Passion en France du XIVe au XVIe siècle*. C'est un gros livre un peu touffu, parfois même un peu confus, mais qui apporte beaucoup de nouveau. M. Roy y signale, analyse ou publie des textes forts importants pour l'histoire de l'évolution du genre ; quelques-uns de ces textes ont même été découverts par lui, et il a eu le mérite de retrouver de nombreuses « sources ». Ces recherches de détail sont dominées par une idée générale, très juste : les auteurs de « Passions », soucieux d'instruire autant que de plaire, se documentaient sérieusement, jusque dans les ouvrages les plus techniques, surtout à partir du xve siècle : ainsi leur art est-il moins rudimentaire qu'on ne le suppose et contient-il autant de travail réfléchi que de spontanéité [1]. M. Roy appuie sa théorie sur la publication intégrale de *la Passion Nostre Seigneur Jhesu-Crist*, copiée à Semur, sur *la Passion d'Arnoul Greban, la Passion d'Arras, la Passion de Jean Michel, Les deux Passions inédites de Valenciennes*, puis sur l'étude des *Mystères du Centre et du Midi*, enfin sur *le Procès de Bélial* et sur

---

1. M. Jeanroy a donné un long compte rendu de ce livre dans le *Journal des Savants*, 1906, p. 476-492.

le Jugement de Jésus. Rien n'est plus fortement appuyé, plus consciencieux ni plus probant.

On n'oserait peut-être pas en dire autant de l'étude sur le *Jour du Jugement*, sur lequel il n'y a pas lieu d'insister; il s'agit d'un Mystère sur l'Antechrist, où M. Roy a cru voir une constante allusion à la querelle du Grand Schisme. Il avait du reste, depuis cette publication, renoncé à cette idée. Mais c'est un texte intéressant, et qui méritait d'être publié. De plus la tentative pour rattacher historiquement le théâtre des XIIe et XIIIe siècles à celui du XVe siècle était heureusement amorcée et répondait à un vœu de Gaston Paris.

Enfin, l'étude sur la *Comédie sans titre* et sur les *Miracles de Notre-Dame* fournit d'intéressantes précisions sur les quarante miracles en question ; M. Roy a réussi à démontrer qu'ils sont tout parisiens et qu'ils datent du milieu du XIVe siècle. En publiant la *Comédie sans titre*, qui se rattache à ces miracles, il a rendu un nouveau service à la science médiévale, car il a complété l'enquête de MM. Alessandro d'Ancona, Wesselofsky et Hermann Suchier, donné une preuve nouvelle de l'ancienne popularité des romans français à l'étranger, montré enfin de quelle manière les lettrés de la première Renaissance goûtaient et imitaient l'antiquité classique et comment la comédie en question annonce le développement de la comédie moderne.

Ces trois longues études, qui remplissent 1.360 pages de la *Revue Bourguignonne*, ne suffisent pas à l'activité de M. Roy. La même *Revue* publie, en 1908 (t. XVIII, p. 247-269). *Un Poème du XVIe siècle, Le Limas*, d'Ubert-Philippe de Villiers, petit poème bourguignon rarissime où l'on voit que « l'escargot de Bourgogne qui mange la vigne doit être mangé du vigneron » (p. 252) : vérité chère aux gens de la Côte, vérité que met en lumière, dans un poème héroï-comique, le gentilhomme nivernais de Clamecy, amoureux de sa belle rivière et de ses coteaux vineux. Le vieux Silène, suivi de ses soldats « biberons », se jette sur le monstre qui infeste le vignoble, un terrible escargot, l'occit, le cuit, le croque et de sa coque se fait une coupe d'honneur : telle est l'horrifique bataille de Montbuvoys — nom deux fois cher aux buveurs bourguignons ! — Avant d'évoquer les escargots redoutables, M. Roy avait dessiné la silhouette des anciens apothicaires dans la *Préface* qu'il écrivit pour le *Promptuaire des Médecines simples de Thibault Lespligney*, édité par le D* P. Dorveaux (Paris 1899, in-16*). Puis, le 20 octobre 1913, dans une conférence prononcée à l'occasion du IV* Centenaire du Palais des Etats de Bourgogne, il fait revivre avec humour *Louis de la Trémoïlle, le défenseur de Dijon en 1513*. La même année il contribue aux *Mélanges offerts à M. Emile Picot* par une étude spirituelle sur *Un Régime de Santé du XV* Siècle pour les petits enfants et l'hygiène de Gargantua* (1913).

Entre temps, M. Roy a été élu, le 2 juin 1905, associé résidant de la *Commission des Antiquités de la Côte-d'Or*, dont il devient membre titulaire le 1*r mars 1910. Le 10 janvier 1906, il est élu membre résidant de l'*Académie des Sciences, Arts et Belles-Lettres de Dijon*. Il réserve dès lors une partie de son activité, traduite par de multiples communications de détail, à ces diverses sociétés, entre dans leurs Conseils d'administration. A cette collaboration étroite se rattachent diverses études et des communications variées aux Congrès des *Sociétés Savantes*. C'est ainsi qu'au Congrès de 1924, qui se tient à Dijon, M. Roy fait deux communications que le *Bulletin historique et philologique* reproduit la même année : *Où est le corps de Philippe le Bon ? — Un Emploi des Scytales en 1431*.

Si ces études offrent un intérêt limité, il n'en est pas de même du *Mystère du Chevalier qui vendit sa femme au diable*, que M. Roy a rajeuni et adapté pour la scène. En 1927, à l'occasion du Congrès de l'*Association bourguignonne des Sociétés Savantes*, ou *Congrès de Saint-Bernard*, il a la joie de voir vivre sur la scène du Théâtre

Municipal les personnages ressuscités par lui. Nul n'a oublié la conférence qu'il fit avant le lever du rideau, ni cette charmante représentation qu'il avait préparée lui-même avec sa minutie coutumière, réunissant une troupe de jeunes acteurs bénévoles, dirigeant les répétitions, se donnant tout entier à cette tâche difficile, qui semblait être le couronnement de sa carrière.

Telles sont les études que M. Roy consacra au Moyen Age. Elles sont considérables, non seulement par leur étendue (elles remplissent près de 2.000 pages in-8° très denses), mais par les résultats acquis. M. Roy a publié de nombreux textes inconnus avant lui, les a classés, étudiés de près, identifiés avec sûreté, expliqués avec une méthode rigoureuse : partout des exposés lumineux, des notes d'une précision philologique qui ne laissent rien dans l'ombre, un appareil critique et des glossaires que seul l'initié apprécie à leur juste valeur. M. Roy, travaillant seul, autodidacte en matière de Moyen Age, est resté un isolé. De brillantes écoles, celle de Gaston Paris d'abord, puis celle de M. J. Bédier, auraient pu l'attirer à elles. Il s'y refuse, il garde scientifiquement toute son indépendance, il ne cherche pas l'éclat des grands noms, ni le prestige des doctrines à la mode, ni la faveur d'un public qu'il aurait pu tenter par des adaptations littéraires de nos vieux textes. Erudit il est, érudit il restera.

*
* *

Car on désespère, avec lui, d'être jamais complet. M. Roy ne s'enferme pas dans sa spécialité ; il lit beaucoup, fait l'école buissonnière, se disperse volontiers et avec fruit. Membre actif de la *Revue d'Histoire littéraire de la France*, dont il est un des fondateurs, il y publie une foule d'articles qui offrent la plus grande variété : le xvie siècle y est représenté par Charles Fontaine et ses amis, le bourguignon Jacques de Beaune, Alexandre

Hardy et les rimeurs de l'Hôtel de Bourgogne ; le
xviie siècle par les premiers cercles littéraires, Mathurin
Régnier, et Molière. Ici l'érudition s'allège, se tempère de
bonne humeur et d'ironie ; ces études sont d'aimables
causeries, qui reposent des livres un peu lourds consacrés
au Moyen Age. On y sent un esprit curieux, mobile,
toujours en quête de nouveauté, négligeant les grandes
voies battues et cherchant à mieux connaître l'humanité,
non pas dans les écrivains célèbres, mais dans les écrivains de second ou de troisième ordre, quelquefois dans
des inconnus, miroirs plus fidèles de la mentalité française.

Cette mentalité, il en marque les traits essentiels en
analysant, dans la *Revue d'Histoire Littéraire* et surtout
dans la *Revue Bourguignonne de l'Enseignement Supérieur*, les ouvrages qui tentent son inlassable curiosité.
Alors il élargit son horizon ; ce n'est plus seulement du
Moyen Age, du xviie siècle, de Molière, de La Bruyère,
de Bussy Rabutin qu'il entretient le lecteur, mais d'André
Chénier ou de Leconte de Lisle,.. Sa critique est indul-
gente, parfois même généreuse ; dire que l'auteur d'un
livre travaille mal ne lui viendrait pas à l'esprit. Discrè-
tement il rectifie et redresse. Nulle part sa méthode n'ap-
paraît mieux que dans le très long et substantiel compte-
rendu qu'il consacre à l'ouvrage de Georges Doutrepont
sur *La littérature française à la cour des ducs de Bourgogne (Revue Bourguignonne*, 1910, t. XX, p. 129). Après
avoir loué les généralités du livre, il l'étudie dans le
détail, et, en 25 grandes pages, le corrige point par point,
avec la minutie et la précision d'un chartiste, ajoutant
une foule de détails précieux et faisant sur la composition
de l'ouvrage les plus judicieuses remarques. Sa connaissance profonde du Moyen Age éclate à chaque ligne, et,
tout compte fait, il ressort qu'il possède le sujet aussi
bien, sinon mieux, que l'auteur : sans le vouloir, il s'est,
peu à peu, substitué à lui.

* *
*

Telle est l'œuvre d'Emile Roy ; elle est considérable
en étendue et en importance. Elle le sera plus encore
demain, lorsque les nombreux dossiers qu'il a laissés
auront livré leurs secrets. Déjà, depuis sa mort, on a pu
retrouver, soit des brouillons, soit des articles achevés,
soit des livres en préparation. Une liasse, déposée à la
Bibliothèque Universitaire, contient, en bonnes feuilles
toutes prêtes pour le brochage, deux savants articles
que M. Roy destinait à la *Revue Bourguignonne* : ·
le premier concerne *la Versification et le Style de
Hugues Capet, de Baudoin de Sebourc et du Bastart de
Bouillon ;* c'est une étude grammaticale extrêmement
minutieuse du vocabulaire, de la syntaxe, du style, de la
flexion, des rimes et de la métrique chez ces trois écrivains, un peu oubliés aujourd'hui. Si l'on songe que
M. Roy trouve le moyen de compléter la grosse thèse de
M. Albert Deutschmann sur le même sujet et qu'il dépasse
de beaucoup l'érudit allemand, on se convaincra de l'importance d'un travail formidable qui se présente un peu
sous la forme d'une algèbre grammaticale. Le second
article est plus attrayant : c'est la publication intégrale
du *Dit du Prunier*, d'après un manuscrit de la Bibliothèque Nationale, soit 1.433 vers, que M. Roy a établis,
annotés, et pour lesquels il a dressé un glossaire.

Enfin d'importants dossiers restent à dépouiller ; des
spécialistes s'en occupent et ne désespèrent pas d'en tirer
un livre que M. Roy était en train d'achever. Ce livre
serait un travail capital, aux vastes proportions, sur les
poèmes du Cycle de la Croisade, du xiiie siècle au
xve siècle. M Roy voulait traiter à fond cet immense
sujet que Pigeonneau avait effleuré jadis, en 1877, dans
Le Cycle de la Croisade. « Il se proposait, dit M. Jeanroy
à qui le dossier a été confié, de retrouver la filiation des
textes et d'en montrer les rapports avec l'histoire. Il avait
réussi à en dater plusieurs à l'aide d'allusions aux événe-

ments et aux personnages contemporains. On peut se faire une idée de ce genre de découvertes par l'article, relatif à d'autres chansons, qu'il a imprimé tout récemment (ça été son dernier travail) dans le volume des *Mélanges* qui m'a été offert. Je l'avais maintes fois pressé d'en publier des parties dans des revues, comme *Romania*, la *Revue Historique*..., qui les auraient accueillies avec reconnaissance. Mais il tergiversait sans cesse, voulant arriver à une précision plus grande encore et traiter le sujet dans son ensemble. J'ai vu récemment plusieurs cahiers qui paraissent être une copie prête pour l'impression. Je les examinerai de plus près pour voir s'il en est vraiment ainsi. J'ai même l'intention de demander à l'Université de Dijon si elle serait disposée, le cas échéant, à en entreprendre l'impression. Je vous serais très reconnaissant de vouloir bien, de concert avec vos collègues, examiner la question. » Et M. Jeanroy ajoute : « En somme M. Roy n'aura pas donné toute sa mesure ; il a été victime de cette tendance à la temporisation, qui était chez lui une forme de la conscience. Ce qu'était cette conscience, ce qu'était son dévouement à ses élèves et à la science, ce que valaient l'homme et l'érudit, vous le savez à Dijon aussi bien et mieux que nous. »

*
* *

En terminant je reprendrai le vœu si naturel de M. Jeanroy. *La Revue Bourguignonne*, à laquelle M. Roy a consacré 35 ans d'un labeur ininterrompu, s'honorerait en publiant son dernier livre sur *Le Cycle de la Croisade ;* il faut espérer qu'aucun obstacle matériel n'empêchera cette réalisation. Mais deux autres vœux me semblent immédiatement réalisables. Puisque nous possédons les bonnes feuilles des 2 articles sur La *Versification et le Style de Hugues Capet, de Baudoin de Sebourc et du Bastart de Bouillon* — et sur *Le Dit du Prunier*, ne pourrait-on les publier immédiatement dans cette même

Revue Bourguignonne, à laquelle ils étaient destinés ?[1]
Enfin il semble que le catalogue de la *Bibliothèque Universitaire* dût porter mention au moins des 3 ouvrages essentiels de M. Roy sur le *Théâtre au Moyen Age.* Ces ouvrages demeurent inaccessibles au public et aux étudiants, et c'est dommage ; 3 fiches, renvoyant à la *Revue Bourguignonne,* seraient les bienvenues. Ne serait-ce pas le meilleur moyen de rendre un hommage suprême à ce délicat lettré, à ce grand travailleur, à cet infatigable chercheur chez qui le dilettantisme d'esprit ne fit jamais tort aux qualités sérieuses de l'érudit ? Le professeur et l'ami que nous regrettons aimait trop sa bibliothèque, qui fut témoin de sa dernière activité, pour ne pas trouver, dans cette consécration, le plus bel hommage et la meilleure récompense.

Pierre TRAHARD.

---

[1]. Ce sont ces deux études, dont la guerre avait empéché la publication, que nous publions dans ce fascicule.

BIBLIOGRAPHIE

DES

ŒUVRES D'ÉMILE ROY [1]

I. — Thèses

1891. *La vie et les œuvres de Charles Sorel, sieur de Souvigny* (1602-1674). Thèse de doctorat ès-lettres. Paris, Hachette, in-8°, 1891.

1891. *De Joan. Lud. Guezio Balzaco contre Dom. Joan. Gulonium disputante.* Thèse complémentaire de doctorat ès-lettres. Lutetiæ, Hachette, in-8°, 1891.

II. — Etudes, publications et conférences
sur l'histoire littéraire du XVIIe siècle

1896. *Les lettres et la société dans la première moitié du XVII° siècle* (Leçon d'ouverture du cours de littérature française à la Faculté des Lettres de Dijon). *Revue Bourguignonne de l'Enseignement Supérieur,* 1896, T. VI, p. 135.

1897. *La poétique du roman au XVII° siècle.* (*Revue Bourguignonne de l'E. S.,* 1897, T. VII, p. 233).

1897. *Note sur deux livres lus par Pascal.* (*Revue Bourguignonne de l'E. S.,* 1897, T. VII, p. 105).

1924-1928. *Histoire Comique de Francion,* par Charles Sorel, réimprimée par la Société des textes français modernes, avec une introduction. Paris, Hachette, 3 vol., in-12.

III. — Travaux sur le Théâtre du Moyen Age

1901. *Etudes sur le Théâtre français du XIV° et du XV° siècles. La Comédie sans titre,* publiée pour la première fois d'après le manuscrit latin 8163 de la Bibliothèque Nationale, et *Les Miracles de Notre-Dame par personnages.* (*Revue Bourguignonne de l'E. S.,* 1901, T. XI, CCXVIII p. + 366 p.).
(Edité ensuite à Paris, chez A. Rousseau in-8°, 1901.)

1902. *Etudes sur le théâtre français au XIV° siècle. Le Jour du Jugement, mystère français sur le Grand Schisme,* publié pour la première fois

---

1. Malgré tous mes soins et toutes mes recherches, je ne puis garantir que cette liste est complète. Je dois de vifs remerciements à MM. Jeanroy et Oursel, qui ont bien voulu m'aider à la dresser.   (P. TRAHARD).

d'après le manuscrit 579 de la Bibliothèque de Besançon et les Mystères de Sainte Geneviève. Paris, in-8°, 1902.

(Extrait des Mémoires de la Société d'émulation du Doubs. *Un Mystère français du XIV° siècle. Le Jour du Jugement* de la Bibliothèque de la ville de Besançon, 1899, T. IV, p. 121-239 — 1900, T. V, p. 17-112 — 1901, T. VI, p. 115-160).

1903-1904. *Le Mystère de la Passion en France du XIV° au XVI° siècle.* Etude sur les sources et le classement des Mystères de la Passion, accompagnée de textes inédits : la Passion d'Autun — la Passion bourguignonne de Semur — la Passion d'Auvergne — la Passion « secundum legem debet mori », 2 vol. in-8°. *Revue Bourguignonne de l'E. S.*, 1903. T. XIII, 1re Partie, 118 p. + 204 p., 1904, T. XIV, 2° Partie, p. 199 à 512.

IV. — Etudes sur le XVIe siècle

1899. *Les anciens apothicaires.* Préface au *Promptuaire des medecines simples de Thibault Lespleigney*, édité par le Dr P. Dorveaux. Paris, in-16, 1899.

1908. *Un poème du XVI° siècle. Le « Limas »* d'Ubert-Philippe de Villiers. (*Revue Bourguignonne de l'E. S.*, 1908. T. XVIII. p. 247-269).

1913. *Louis de la Trémoïlle, le défenseur de Dijon en 1513.* Conférence faite le 20 octobre 1913, et reproduite dans *La Délivrance de Dijon en 1513. Les Conférences historiques du IV° Centenaire du Palais des Etats de Bourgogne en 1913.* Dijon, in-8°, 1913.)

1913. *Un régime de santé du XV° siècle pour les petits enfants et l'hygiène de Gargantua* (*Mélanges offerts à M. Emile Picot.* Paris, D. Morgand, 2 v. in-8°, 1913. T. II, p. 151-158.

V. — Collaboration aux travaux des Sociétés Savantes de Bourgogne

1924. *Où est le corps de Philippe-le-Bon ?* In-8° (Extrait du *Bulletin philologique et historique*, 1924.)

1924. *Un emploi des scytales en 1431*, in-8° (Extrait du *Bulletin philologique et historique*, 1924.)

[Ces deux communications avaient été faites au Congrès des Sociétés Savantes de France qui se tint à Dijon en 1924.]

1927. *Le Mystère du Chevalier qui vendit sa femme au diable.* Adapté pour la scène, avec conférence. Représentation au Théâtre Municipal de Dijon le dimanche 12 juin 1927, à l'occasion du Congrès de l'Association Bourguignonne des Sociétés Savantes (Congrès de Saint Bernard.)

VI. — Articles divers

1894. *L'Avare de Doni et l'Avare de Molière.* (*Revue d'Histoire littéraire de la France*, 1894, T. I, p. 38-47.)

1894. *L'Entrée de la reine Marie de Médicis en 1610, vers inédits de Mathurin Régnier.* (*Ibid.*, T. I, p. 422-429.)

1895. *La Fontaine candidat à l'Académie française vers 1662*, d'après de nouveaux documents inédits. (*Ibid.*, T. II, p. 419-424.)

1895. *Lettre d'un Bourguignon, Jacques de Beaune, contemporain de la Deffense et Illustration de la langue française.* (*Ibid.*, T. II, p. 232-243 et 430-432.)

1897. *Les premiers cercles du XVII° siècle. Mathurin Régnier et Guidu-*

baldo Ronarelli della Rovere. (*Ibid.*, T. IV, p. 1-34.) (A suivre; mais la suite semble n'avoir jamais été publiée.)

1897. *Charles Fontaine et ses amis : sur une page obscure de la Deffense.* (*Ibid.*, T. IV, p. 412-422.)

1915. *Un pamphlet d'Alexandre Hardy :* « *La Berne de deux rimeurs à l'Hôtel de Bourgogne* », 1628. (*Ibid.*, T. XXII, p. 497-543.)

1917. *Réponse à H. Carrington Lancaster* (au sujet de l'article précédent.) (*Ibid.*, T. XXIV, p. 422-427.) Lettre.

1927. *Les Jeux du Roi et de la Reine — Le Moyen Age*, 1927, p. 1-12.

1928. *Les dates et les allusions historiques dans les chansons d'Ogier le Danois. Mélanges de Linguistique et de Littérature offerts à M. Alfred Jeanroy par ses élèves et ses amis.* Paris, 1928. p. 415-425.

VII. — Comptes-Rendus

1910. *Les sources de Leconte de Lisle*, par Joseph Vianey (*Revue Bourguignonne de l'E. S.*, 1910, T. XX, p. 113.)

1910. *Œuvres complètes d'André Chénier*, publiées par Paul Dimoff — *Bucoliques* (*Ibid.*, p. 116.)

1910. Maurice Lange : *La Bruyère critique des conditions et des institutions sociales.* (*Ibid.*, p. 118.) — *Le Président Richard de Ruffey.* (*Ibid.*, p. 121.)

1910. *Un académicien grand seigneur et libertin au XVII* siècle. Sa vie, ses œuvres et ses amies*, par E. Gérard-Gailly. (*Ibid.*, p. 122-3.)

1910. Karl Young. *A Contribution to the History of Liturgical Drama at Rouen. —* Some Texts of Liturgical Plays. — The Harrowing of Hell. (*Ibid.*, p. 124-5.)

1910. University of Illinois Bulletin Vol. VII, n° 1. — *Jean d'Abundance. A study of his life and three his of works*, by David Hobart Carnahan. (*Ibid.*, p. 125-6.)

1910. Eugène Rigal : *Molière.* (*Ibid.*, p. 126-129.)

1910. Georges Doutrepont. *La littérature française à la cour des Ducs de Bourgogne, Philippe le Hardi, Jean sans Peur, Philippe le Bon, Charles le Téméraire.* (*Ibid.*, p. 129-153.)

(Il a été fait de ce long compte-rendu un tirage à part, intitulé *Bibliographie*, p. 1-41.)

1911. Pietro Toldo. *L'Œuvre de Molière et sa fortune en Italie.* (*Revue d'Histoire littéraire de la France.* T. XVIII, p. 209-211.)

1918. Richmond Laurin Hawkins : *Maistre Charles Fontaine parisien.* (*Ibid.*, T. XXV, p. 676-679.)

1919. Jean Gerson. The « *Ad Deum Vadit* », *publied from the manuscript Bibliothèque Nationale by David Hobart Carnahan.* (*Ibid.*, T. XXVI, p. 320-322.)

1923. G. Michaut. *La Jeunesse de Molière.* (*Ibid.*, T. XXX, p. 102-104.)

1925. G. Michaut. *Les Débuts de Molière à Paris.* (*Ibid.*, T. XXXII, p. 458-464.)

VIII. — Œuvres non publiées du vivant de M. Roy

La Versification et le style de Hugues Capet, de Baudouin de Sebourc et du Bastart de Bouillon. (*Revue Bourguignonne de l'Enseignement Supérieur.* Année 1929, fascicule n° 2.)

Le Dit du Prunier. (*Revue Bourguignonne de l'Enseignement Supérieur.* Année 1929, fascicule n° 2.)

LA VERSIFICATION ET LE STYLE

DE HUGUES CAPET, DE BAUDOIN DE SEBOURC

ET DU BASTART DE BOUILLON

(Rimes, métrique, flexion, syntaxe, vocabulaire et style)

Pour abréger et simplifier cetfe comparaison, on suivra, comme on l'a dit, l'ordre adopté dans la thèse (de l'Université de Leipsig, 1909), de M. Albert Deutschmann[1]. On reproduira les exemples qu'il a donnés pour HC et BS en les complétant sur quelques points, et l'on y ajoutera les exemples de BB. Les quelques remarques nouvelles seront marquées d'un astérisque *. La conclusion de cette comparaison, c'est que toutes les différences relevées entre HC et BS disparaissent, ou peu s'en faut, quand on compare BS à BB. Pour l'étude de BB ou du Bâtard de Bouillon, on a profité non seulement des remarques de son éditeur, A. Scheler, mais encore du compte rendu de cette édition par A. Tobler (*Goettingisches Gelehrte Anzeigen*, 1877, N° 51, S. 1601) — reproduit dans *Vermischte Beitraege*, 5ᵉ série.

Nature des Rimes[2]

Le plus simple est de rappeler tout d'abord la remarque de Scheler, p. 340 : « Un grand nombre de rimes qui se présentent dans Baudoin de Sebourg font défaut dans le Bâtard de Bouillon... notamment les rimes en *iel*, *el*. Par contre, on ne trouve pas dans le Baudoin de Sebourg nos rimes suivantes : masc. *oeil*, fém. *aille*, *endre*, *one*, *une*. Ces disparates sont l'effet du hasard, et l'on comprend

---

1. Untersuchung über die Sprache der chanson de geste « Hugues Capet » und über die Identität des verfassers mit dem des « Bauduin de Sebourc. » — Halle, 1909, in-8ᵉ de 152 p.
2. Deutschman, *op. laudat :* Die Sprache der Reims, II Teil, p. 93.

que le poème de 26360 vers ait 28 rimes, d'ailleurs peu fréquentes de plus que le poème de 6554 vers ».

Cela posé, quelles remarques appellent ces rimes?

1. Hugues Capet n'a que la forme *irer*. Dans Baudoin de Sebourc *irer* et *irier* alternent exactement comme dans le Bâtard de Buillon. — HC *irer* page 62, vers 7[1]; 81,17 : *aïrer* 81,4 : yrez 96,14 ; yree 127,3; 185,9 ; 203,3. BS *irer* VI, 277 ; irez VI, 387 ; iré VI, 195 ; VIII, 574 ; iree II 940 — aïrer XVI, 883 ; — XVII 34; aïrés XI, 333 ; aïree VI, 503: *irier* VI, 452 : iriet IV, 652, 663 ; irie VI, 112, 298 ; XVII, 985.

BB *iré* 1876, 4708 ; irés 432, 462: irce 5121 ; — aïrer 1628; airce 2892, 5437; *airier* 3903 ; irie 4434, 3072.

2. Le suffixe latin *alis*, donne dans HC *eus* ; dans BS presque toujours *es*, *aus* et très rarement *eus*. Il en est de même dans BB avec cette différence déjà notée que *eus* ne peut s'y rencontrer qu'à l'intérieur du vers.

BS *carnés* IV, 371 ; V, 384 ; XIV, 906 ; XVIII, 72, 861 ; mortés III, 939 ; XXIII, 635 ; naturés III, 924 ; V, 854 ; VI, 707 ; IX 473, 793 etc. ; *eus* : morteus XVIII, 385, 395 ; *aus* : carnaus IX, 595 ; XX, 336, 353 ; creminaus VIII, 615 ; especiaus IX 589 XX ; 340, 342 ; mortaus IX, 583 ; XXIII, 697 ; naturaus IX 586 ; postaus XX, 341.

BB *charnés* 454 ; esperités 612 ; morté 1026 ; naturés 453, 456, 1404, 2764 ; *eus* : carneus 2427 (à l'intérieur du vers); morteus 6126, 6127 ; osteus 2295, 3948. *aus* : communaus 1456 ; emperiaus 1459 ; especiaus 1460, 1469, 3128 ; desloiaus 3143 ; journaus 3137 ; infernaus 1494 ; loiaus 1452, 1467, 1496, 3123, 3136 ; naturaus 1494, 3140 ; roiaus 1462, 1466, 1489, 3131 : vassaus 1457, 3138.

3. Le suffixe latin *aticum* donne dans HC partout *aige* et dans BS et BB partout *age*. *Aige* qui se rencontre quelquefois, est une graphie des copistes, car la finale *age* rime avec *arge* (cf. la remarque de Scheler, p. 340).

BS *barge* I, 237 : II, 461, large XI, 415 ; XVII, 764, 777 ; XXI, 127 ; Arge XVII, 762 ; XXI, 103 ; atarge XI, 430 ; XXI, 30 ; XXIV, 798, 762, etc.

BB *large* 3755 ; 4402 ; atarge 1857 ; targe 1013, 1853, 4393 ; 5832.

---

1. N. B. Pour les citations de HC, le chiffre avant la virgule désigne la page de l'édition de la Grange, le chiffre après la, le numéro du vers de cette page, suivant l'usage adopté par M. D; pour BS les chiffres romains désignent le numéro du livre ou chant, les chiffres arabes le numéro du vers dans l'édition Bocca, pour BB le numéro de l'édition Scheler. Pour faciliter la lecture de ces longues listes d'exemples on n'emploiera en général les caractères italiques qu'au commencement des alinéas et en tête des séries d'exemples analogues.

4. Le suffixe latin *illos* donne également dans BS et BB *iaus*, *aus* suivant l'usage picard. Une seule fois dans BS le pronom *illos* est rendu à la rime XVIII, 388, par *eus*; et BB n'a pas, comme on l'a dit, de laisses en *eus*.

Dans HC au contraire nous trouvons partout *eus* : eus 9,6; caveuls 9,10 et les laisses en *iaus*, *aus* manquent.

BS *iaus* VIII, 600, 609; IX,597; XX, 339, 350; XXIII, 692; chavaus XX, 345.

BB *entri'aus* 1485, 3125; chiaus 3144.

5. *Ant* et *ent* sont régulièrement distingués dans HC, BS et BB. Mais dans BS et BB les exceptions portent en général sur les mêmes mots, et les exceptions ne sont pas les mêmes pour HC. Comparer la dissertation de M. Deutschmann, p. 94. Pour abréger on ne donnera les détails complets que pour BB.

HC. *Argent* figure une fois dans une laisse en *ant* 11,27; partout ailleurs dans les laisses en *ent* 23,3; 141,10, etc. — *essient* 22,27; 140,20; 196.5, etc., et *noient* 38.5, 33,26, etc., ne figurent que dans les laisses en *ent* et *sanglant* dans une seule laisse en *ant* 165,22.

BS. *Argent* figure une fois dans une laisse en *ant* I, 13, partout ailleurs dans laisses en *ent*; — *dolent* alterne avec *dolant* à peu près dans les mêmes proportions; — *essient* dans laisses en *ant* III, 170 et encore 7 fois; dans laisses en *ent* I, 319 et encore 10 fois; — *noient*, laisses en *ant* I, 429, et encore 12 fois; en *ent* I, 322 et encore 38 fois; — *sanglant*, laisses en *ant* V, 240, et encore 5 fois; en *ent* VII, 823 et encore 3 fois. — saint *Vincant*, laisse en *ant* II, 829 et encore 7 fois, toujours en *ant*; — *paiemant* une fois, laisse en *ant* XXIV, 385.

BB *argent* toujours dans laisses en *ent* 2883, 3441, 3603, 6137; — *dolent* en *ent* 578, 2047, 3640, 4376, 5291, 5453, 6098; en *ant* 725, 3533, 3923, 3938, 5066, 6036; *ensement* en *ent* 6136, en *ant* 3546; — *convenent* en *ent* 4637, en *ant* 3535; — *essient* toujours en *ent* 142, 1522, 2880, 3176, 3454, 5473, 6109; — *noient* en *ent* 581, 1513, 2050, 3170, 3173, 3642, 5458, 6116, 6128, en *ant* 5048, 6051; — *sanglant* en *ant* 5068, en *ent* 4356, 5286; — saint *Vinchant* en *ant* 6506.

6. Les laisses en *el*, *iel* diffèrent dans HC et BS, mais elles manquent dans BB.

7. Le suffixe *orem* donne *our* dans les trois poèmes HC, BS et BB.

Osum donne dans HC *eus*, dans BS *eus* et plus rarement *ous*. Les laisses en *eus*, *ous* (*ours*) manquent comme on l'a dit dans BB.

HC *gracieus* 7,22; chevallereus 8,2; dollereus 8,26; vertueus 9,3; precieus 6,10, etc.

BS *gratieus* XIII, 814; pretieus XIII, 819; dolereus XVIII, 387; vertueus XVIII, 396, etc. — BS chevallerous IX, 695, coragous IX, 696.

8. L'*o* ouvert + *u* (*focus, jocus*) donne dans HC seulement : *feus* 62,2; *jeus* 8,8. — Dans BS les formes : *fus* XXV, 143; *fu* XII, 432; XVII, 742; XVIII, 53; XXIII, 711; *jus* II, 478; III, 62; XIX, 87, 772, alternent avec *feus* XVIII, 402; *jeus* XIII, 823, etc.

BB n'a que : li *jus* 5257.

9. BS et BB nous offrent partout à la rime les formes *anoi, anoyer*, jamais *anui* et *aneu, aneuz* (cui qu'en soit li *aneuz*) par correction de Littré, au lieu de : qui qui en soit li *noeulz*, comme HC, 8,17.

BS *annoy* XVII, 131; annois I, 105; VI, 662, 678; X, 681, 691; XVII, 540, 549; XXV, 40; anoie I, 689, 1022; XVIII, 540, 848; anoit XIX, 151, VI, 459.

BB *anoy* 283, 768, 3976, 5926; anois 2010, 5732; anoier 4544.

Métrique, compte des syllabes.

1. La structure des vers ne présente guère de différences dans HC, BS et BB. Mêmes césures, même emploi de l'enjambement, etc. Il n'en est plus de même pour l'enclise et l'élision : ici HC diffère sensiblement de BS de BB d'accord entre eux, et le compte des syllabes dans les mêmes mots est encore le plus souvent différent.

2. Dans HC on ne trouve que l'enclise *nel* commune : 42,22; 52,3; 72,14 etc. L'exemple unique de *sel* p. 48,10 n'est pas assuré, puisque le vers demande une correction, et de même dans le vers 74,21 où l'éditeur a corrigé la leçon du ms : *je le en jel*, on peut aussi bien conserver *je le* et lire : *prendroie* au lieu de *prenderoie* pour rétablir la mesure. (Cf. D. p. 14). Au contraire dans BS et BB le pronom de la 3e pers. présente des cas d'enclise assurés non seulement après *ne*, mais après *se, je* et *me*. — BS *nel* I, 884; III, 813, 1221; V, 3, 602; VI, 653, 788 etc.; *sel*, s'el I, 517; IV, 515; XIV, 1079; XVI, 899; XVII, 137; XXI, 492; XXIII, 399; XXV 249, 672.

BB *nel* 3706, 3711, 3893, 3971, 4038, 4281, 6329; — sel 2689 et *sel* par correction au lieu de *chel* 5070. — BS a seul un exemple unique de *mel* VIII, 638, et BB a seul un ex. unique de *jel* 6167.

2 *bis*. BS présente seul des cas possibles, vraisemblables de l'élision d'*es* suivi d'une voyelle. Il n'y en a pas dans BB non plus que dans HC. — BS VIII, 1051 Que Diex a fait pour moi miraclez en mon vivant; XII, 506 et crois et confanon vont aveukes aus portant, disans mainte ori-

son ; XV, 642 Mille brandons de feu tous rouges **et** alumés.

3. L'emploi des articles *au, dou, du* devant des noms féminins est inconnu à HC. Il montre que l'article féminin picard *le* peut subir le même traitement que le masculin *le* et il se trouve dans BS comme dans BB.

BS *au* coert XIV, 1453; au nuit V, 737; XXII, 100; XXIV 672, XXV, 987; *dou* prison XVI, 1171 ; du fain XI,47.

BB *au* nuit 4293. Aucune raison de croire ce vers interpolé comme le dit Scheler p. 296, qui a pourtant fait le rapprochement avec BS.

4. Dans BS et BB l'*e* muet des monosyllabes *je, che* s'élide régulièrement devant les voyelles, mais les exceptions sont nombreuses.

BS *je ai* II, 96 ; VII, 536 ; VIII, 680, 781 ; XII, 652; XIII, 26 ; XIV, 234, 241, 349; XVI, 679, etc., je i II. 831, 923, etc. ; je en VI, 319; XII, 763, etc. — *Che est* III, 198, IV, 380. VIII, 1022, 1099; XI, 350, 363; XIII, 466; XV, 586; XVIII, 658; XXV, 901 ; che a III, 264, etc.

BB *je ai* 2384; je aie 2072 : je | i 5993 ; *che est* 2632, 2763, 2936.

5. La finale *oient* des imparfaits, conditionnels, etc. compte pour deux syllabes dans BS comme dans BB invariablement. Dans HC elle compte quelquefois, rarement, pour une syllabe.

6. A l'intérieur des mots où la tonique est précédée d'un *e*, la diérèse est la règle et les exceptions ou les mots à deux scansions sont les mêmes, à très peu de choses près, dans BS et BB, mais non pas dans HC.

a) BS *abbe* | *ie* III, 22; VII, 349, — abbie XV, 589. — BB n'offre qu'une seule fois *abie* 6245; HC a les deux scansions : abbe | ie 21,6; abbie 21,4.

b) BS *arme* | *ures* VIII, 1201; armure VIII 229 etc. BB *arme* | *ure* 624, 674, 703, 721, 1040, 1539, 1684, 1720, 1995, 3666, 5408, 5465; armure 341, armeures 976. HC a également les deux scansions.

c) Dans HC on trouve partout : *mescant* 12,1; 41,13; meschans 70,14; mescance 21,6; 39,21, mescanche 17,4; marchant 2,11; 6,2; 11,3; marcandise 6,7.

BS *mesche* | *anche* XXII, 94 — : *mesquanche* I, 655; meschanse XXII, 85; mesquans, ant I 38, 423, 436, 672; II 369, 471. etc.

BB *mesche* | *ance* 875, 1086; — meschance 789, 845, 4066; mesquant 2391, 5877.

BS *marche* | *ant* I, 35; II 429; XIII 329; XIII 359; marche | ans I 436; X, 1075; XV, 687, etc.

BB marche | ant 601.

d) Dans HC, une seule scansion pour *esme | us* 13,7; 158,26; me | us 211,3; esme | ue 104,6; ve | u 22,21; 126,23, etc. Au contraire BS : *esme | ns* XIX 92; esme | ut XVIII 909, etc., à côté de *esmut | e*, VIII, 136: VII, 791; X, 586. Item BB *me | us* 5248; mut 1856, s'esmut 619.

e) BS *ve | ut* I 386; pourve | us II 490; XIX, 86; pourve | ut I 872; IV, 321, etc., à côté de *veut* (une syllabe) X, 834, unique.
BB *ve | us*, ve | ue 657, 667, 672, 1415; ve | ut 998, 1223, 5752, 3319, 3432; pourve | u 1341, 1387, 4416.

f) Dans les mots tels que *murdre | our* 35,21; juge | our 35,18, etc., la diérèse est la règle pour HC; les deux poèmes BS et BB emploient en outre volontiers la forme contractée.
BS *li boise | our* VII 265, 625; XIX 609; divise | our VI, 252; empere | our IV, 129; murdre | ours V, 222; VIII, 16, 21, etc.
BS *amasseur* VIII, 1217; murdreurz II, 642; mordreurs X, 365; pecheurs XVII, 234, etc.
BB *coure | our* 174; empere | our 4743; ferre | our 1070; koise | our 5275; murdre | our 6014; pongne | our 366, 1072; 5278; sauve | our 5264.
BB *bateur* 3616, 3623, 3630, 3633; coureur 4589, 4675, 4746, 4748, 4851, 5664, 5709.

g) HC ne connaît que : *ve | ir* 5,8; 25,15; 102,20.
BS *ve | ir* VI, 275; XV, 879, etc.; mais aussi *vir* I, 702; II, 618; IV, 653; VII, 156, 284, 664; VIII, 861, etc., et *pourvir* V, 44.
BB. *ve | ir* 1286, 1295, 4858, 4862, 5895, 5957, 5977; *vir* 290, 522, 1474, 1663.
BS *se | ir* XVIII, 421; sir XII, 280. — assir I, 1035; VII, 552; XIII, 587, 593; XIV, 22, 79; XXIII, 572; XXV, 262.
BB *se | ir* 502; assir 1287.

h) HC pf. 3 *bena | y* 184,8; part. passé : bena | ys 21,6; malla | is 19,3; malle | ois 55,10; 117,20; malle | oite 130,24.
BS pf. 3 *beny* V, 536; part. p. : bene | is I, 210; VII, 92; bene | ois I, 97; XIX, 798; maloite IV, 104; XVII, 347; benoite IX, 760, etc.
BS *malis* V, 195; malite, IX, 217; XIV, 292; — BS subj. 3 bencie (commun) et *benie* XIV, 258.
BB *bene | ois* 210, 5724; male | ois 203, 5727: maloite 4949; bene | is 304, 6354.
BB subj. 3. *bene | ie* 1245, 1942, 2655, 3832, 4461, 5321.

i) *Roïne* est parfois dissyllabe dans HC 31,32; 140,10; 181,26; 203,1; 233,13: il est invariablement de trois syllabes dans BS I, 126; 232, 322; II, 41, 67, 96, etc. et dans BB 2543, 2613.

j) Huon, nom propre est deux fois monosyllabe dans HC 19,5; 156,9; partout ailleurs dissyllabe 2,21; 8,17, etc. Il est invariablement dissyllabe dans BS XXI, 664; XXII, 656, etc. et dans BB 941, 1033, 1149, 1169.

k) Diables toujours de trois syllabes dans HC 106,3 et 187,9; dans BS et BB il est tantôt de 3, tantôt de 2 syl. BS 2 syl. *de | able* (3 syll. I, 945; II, 26; III, 250, 373, 816, etc.; de | ablez II, 817; X, 648, item.

BS *deable* (2 syl. X, 618; XIX, 566, 800, etc. : deablez I, 949, II, 31, III, 359, X, 651, XI 461.

BB 3 syll. *de | able* 715, 796, 3779, 4709; 4723, 5730; 2 syl., deable 1190.

l) Les formes *pooit, poez* sont très rarement monosyllabiques dans BS : qui tous *poez* sauver II, 655 ; III, 133 ; III, 387, XII, 643; XVII, 311 — c'on ne *pooit* estimer II, 651 ; III, 554 ; XVI, 511 ; XVI, 990, partout ailleurs elles comptent toujours pour deux syllabes.

Dans BB elles comptent toujours pour deux syllabes *po | és* 1294, 1799, 2252, 2585, 3224, 3912, 4077, 4330, 4333, 4338, 5027, 5263 — *po | oit* 792, 1289, 2173, 2708, 3032, 3924, 4855, 4865.

m) Monde est la seule forme employée dans HC 55,19; 55,24; 89,13; 187,10. BS et BB ont de plus *mons, mont.*

BS *mons* II, 750, 870, 888; III, 619; VII, 612; VIII, 48, etc. — *mond* I, 106; mont I 860, III 629; VI, 378; XVII, 233; XX, 172, XXI, 148, XXII, 215, etc.

BS *mondes* I, 586, III, 607 ; monde XVI, 309.

BB *mons* 830, 2032, 4363; mont 808, 3037, 4197, 4604, 5880 ; *monde* 822, 1309, 1649, 1781, 3179, 3442, 3541.

n) Ambedoy est la seule forme employée dans HC 163.25. — BS et BB ont de plus *andoy, andeus.*

BS *ambedoy* VII, 246 : XXII, 902 — *andoy* I, 326 ; XV, 1048; XXI, 553, 633, 774 : XXII, 95, 929 — andeus II, 5 : III, 238 ; V, 822; XV, 1260 ; XXII, 463.

BB *ambedoy* 5941 ; *andoy* 5056, 5067; andeus 208 et 1095 par correction au lieu de *a deus* ms.

o) Ajoutons trois diérèses bizarres. HC seul compte de trois syllabes : *honne | ur* 13,15; *morte | ulz* 150.16; et de quatre syllabes: *aperche | u* (pf. 3) 74,16; *je | uillis* 106,14. Cf. BS. XIX, 1158 qui fu grans et *fœillis.*

Flexion, Syntaxe.

La flexion n'offre pas de différences bien sensibles dans HC, BS et BB pour les mots imparisyllabiques. On doit noter cependant que telle forme d'un mot qui se rencontre dans un poème peut manquer dans les deux autres ou inversement. Pour abréger nous renverrons pour HC et BS à la dissertation de M. D., p. 63 et 99, et ne relèverons en détail que les formes de BB.

1. HC cas sujet sg : *quens* 205,23 ; contez 20,24 ; régime : *quen* 129,7 ; conte 17,27 ; sujet pluriel : conte 82,19.

BS *quens* I, 319, III, 472, 511, 887, etc. — contes III, 460, 466 etc. — *quen* XXV, 179 — conte III 458, 465.

BB *quens* 164, 304, 6367, 6375, 6424, 6428 ; contes 491, 2997, 6406, 6470 — conte 6363, 6505 — *quen* manque ; pluriel, rég : contes 502.

HC *traytre* 31,15 ; traytrez 21,26 ; traytour 34,20 ; traytre 43,23 — pluriel, sujet : *traytour* 31,19 ; traytre 193,23.

BS *traïtres* I, 771, 954 etc. ; traïtour I, 132, 542 etc. — traïtre I 801, IV 188. — Pluriel, suj. : traitour I, 592, 635 ; traïstres II, 502, 509. — Rég. : traïtours VII, 315, VIII, 934 etc. — traïtres I, 626, II, 450 etc.

BB *traïtres* 4420, 4489 ; vocatif ; 4844 ; Rég. sg. : traïtour 1656, 4554, 4691, 5267. — Pluriel, suj.: *traïtour* 4273, 4648, 5657 ; Rég. : traïtours 4258, 4288, 4290, 4491, 5670.

HC glous 194,9 ; *gloutons* manque ; Rég.: glouton 199,13 ; glout 193,12. Pl. suj. glouton 137,2 ; rég. : glouton 240,17.

BS *glous* I 968, IV 173 etc. : gloutons IV, 108, 243 — rég. : *glouton* IV 160. 553 etc. : glout XIX 204, XXV 938, pl. glouton, glotton II 621, VII, 368 etc.

BB *glous* 3116, 4776, gloutons 6041 : vocat. : glouton 5353 ; rég. : *glouton* 5361, 5346 ; pl. glouton 4832, 5945.

HC niés 20,6, *neveus* manque ; rég. : nepveut 7,20 ; 166,3.

BS *niés* XVIII, 71, 95 ; XIX, 575 etc. *neveus* V 380 ; XVIII, 69.

BB *niés* 4763, 6418, neveus 5244 ; rég. : neveu 3913, 4762, 6412.

HC *suer* 20,17 ; *serour* cas sujet manque ; régime : serour 191,4.

BS *suer*, seur II 296 ; III, 345, 1069 etc. ; autre cas sujet sg. : *serour* III, 1179 très rare ; Rég. : *seur* I 507, 513, II 560 etc. et plus rarement : *serour* III, 1063, 739 ; IV, 125, 337 ; V, 769 etc.

BB *soer* 1241, 1247, 1314, 1320, 1330, 1773, 1778, 1792, 1970, 2081 etc. ; item. cas sujet *serour* 3713 ; régime : *soer* 1295, 1602, 2346, 3333, 3335, 3712, 3786 etc. ; *serour* 1791, 5273.

Remarques analogues sur *menres, mieudres*, etc.

HC cas sujet : *menres* 134,23 ; rég. : minour 66,13 ; menre 93,23. — Le pluriel : *li menour* manque.

BS *menres* I 579, 1091 etc. ; rég. menre XIII, 207 ; pl. li menour XIX, 632.

BB *menres* 1191, 4743 ; rég. : menour 2261 ; menre 1347, 6235 ; plur. li menour 1066.

HC cas sujet : *milleurs* 29,30 ; *mieudres* manque ; rég. :
milleur 195,9 ; mieudre 131,16 ; plur. ; millour 35,16.

BS *mieudres* I, 57, etc., *milleurs* manque : rég. : — millour II, 291, III, 896 : meliour XVII, 112 ; XX, 686, etc. :
mieudre I, 929, III, 836, V, 481, etc.

BB *mieudres* 2673, 5879 etc. : *milleurs* manque : rég. :
meillour 367, 786, 1644, 1663, 2260 ; mieudre 777, 2532,
5058. — Pluriel : Rég : *meilleurs* 506, meillours 676, mieudres 4497.

2. Dans HC, BS et BB le féminin des adjectifs uniformes en latin se présente souvent avec l'*e* analogique :
mais BS et BB ont seuls le féminin *dolante*.

HC *douce* 3,18 ; forte 55,12 etc.

BS *douce* I, 65 : II 463 ; forte IV, 55, fortes 41 ; grande
I 774, 986 ; II 625 etc., telle I 778, 783, 798 ; III, 428 etc. :
quelle II 579, 893 lequelle III 311 ; royele II 815 ; *dolante*
I 230 ; II 551, 773 : III 220, 949 ; IV, 440 ; 445, 528 ; V, 161 ;
VI, 507 ; VII, 113 etc.

BB *douce* 482, 1496, 2436, 2504 etc. ; forte 925, 1060,
1420, 1536 etc. ; grande 68, 285, 324, 370, 616, 618, 1531,
1672 etc. ; telle 1262, 1263, 1551, 1681, 2972 ; quelle 484,
4822.

Dolante 4636.

3. Une légère différence dans l'emploi des pronoms possessifs. Au féminin singulier, HC et BB n'emploient que
moie, soie. Dans BS, ces formes alternent avec *miene*, le
miene, etc.

HC *moie* 208,18 ; soie 91,23 ; 185,21 ; 190,21.

BB *moie* 4200, 5991, 6001 ; le moie 1222, 2092, etc. — soie
627, 4188, 5982 ; le soie 6251.

BS *moie* I, 707 ; XV, 814 ; XVIII, 532, 852, etc.; le moie
I, 984 ; IX, 818, etc.

BS *le miene* II, 492 ; VIII, 377 ; XIX, 284, etc. — tiene
XXV, 601 ; une siene V, 71, etc.

Au pluriel des possessifs de la 1re et de la 2e personne,
HC n'emploie que les formes abrégées *no, noz, vo*, etc.;
dans BS et BB, ces formes alternent avec *nostre, les
nostres*, etc.

HC *no* 35,11 ; 48,20 ; 99,26 ; noz 50,23 ; 150, 11 — voz 6,8 ;
9,1 ; 39,5, etc.

BS nous et *nos* compaignons II, 691 ; nos herités IX, 507 ;
vo cousin II, 667.

BB *no* bon crestien 840, 513 ; no baron 3613 ; li no
1885 ; *as nos* (par correction) 2046 ; vo chité 1187, 1231,
etc.

BS Che sont *nostre* oncle XIX, 1153 ; nostres intentions
XI, 665 ; j'ai mal fait les vostres XXIV, 724 ; li vostre
enfant II, 261.

BB li *nostre* baron 2117 ; vo frere et vostre ami et li vostre cousin 2609.

4. A la 1ʳᵉ personne du pluriel de l'indicatif, de l'imparfait, du futur, du subjonctif et du conditionnel, HC n'a jamais les finales *omes*, *emes*, qui se trouvent par exceptions dans BS et BB.

BS : *serommes* XIV, 367 ; soiommes XIV, 1156 ; pensommes XIV, 382 ; devommes XVI, 874 ; *cuidiemes* XIX, 652 ; fussiemes XVI, 501 ; ariemes XXIV, 213 ; vauriemes XIV, 654 ; XXIV, 208 ; feriemes XXII, 703.

BB *seronmes* 5746 ; vauriemes 2250.

6. HC n'a pour participe passé de *remanoir* que la forme *remez* 96,13 ; 136,22.

BS et BB ont *remez* I, 810 ; XVII, 1068 remet XVI, 909, et plus souvent *remanus* VI, 630 ; X, 654,659 ; VII, 729, XIII, 632.

BB *remés* 444, 607 ; remanus 5545, 6521.

7. Après le superlatif, HC emploie toujours le subjonctif : BS et BB indifféremment le subjonctif et l'indicatif.

HC ly plus signouris qui soit en toute France 98,24, etc.

BS li plus hardis qui puist de vin gouster I, 518 ; le plus fel traïtour qui en che monde soit XVI, 934 ; item I, 695 ; XI, 587 ; XVI, 1064, 1071. — BS la plus belle dame, qui sur piés puelt aler I, 514 ; li plus gentis qu'onques de pain mengua VI, 850, etc.: la plus belle qu'onquez nulz engenra II, 444 ; item I, 682 ; II, 704 ; III, 340 ; III, 842 ; 1083 ; V, 917, etc.

BB le plus gracieuse c'onques beust de vin 1586 : li plus preus qui soit el firmament 590 ; li plus biaus c'onques Dieus estorast 592 ; le mieudre qui soit jusques ou Fart 777 : li plus hardis de cui parler vous doie.

BB uns des hardis k'ains de mere fu nés 446 ; au plus tost c'onkes pot 1615 ; tout des plus suffisans qui sont de l'eritage 1869 ; li pires k'ains de mere nasqui 1901, etc.

8. *HC ignore la confusion des adjectifs cardinaux et ordinaux commune à BS et BB. (Remarque de Tobler.)

BS XX, 521. Le Bastard de Sebourc, lui. X. tant seulement A fait les chars passer, et les darains atent. — BB 5381. Le bastart ont trouvé, n'estoit mais que lui *sis*, Mais li cinq ont les corps tellement mal baillis.

9. *HC ignore la confusion ou l'échange du singulier et du pluriel dans le discours adressé à une seule et même personne. Cette confusion n'est rare ni dans BS, ni dans BB.

BS II, 49. Gaufrois, or pardonnez [a] l'enfant que fait a Se tu mesfais l'enfant, le mere te harra. — III,720. Or me ditez pour coi, traïstres malostrus, Donnastez le capel,

— 11 —

ne par cui est venus, Se tu ne me dis voir, tantost seras pendus ! — item III, 1166, etc.

BB 2691. « Sire », dist la royne, tost raler me verras, Je vous commande a Dieu » (lors l'acole tout bas)... N'en ralés point demain, au vespre me raras ». — 4449. « Souviengne vous, frans roys...... Au revenir decha trouvas te baronnie ».

Vocabulaire, mots et tours.

a) HC ne connait pas l'emploi de *unes* au pluriel.

BS *unes* plates d'achier XI, 273; unes fortes plates XVII, 989; d'unes cosez et d'autres VI, 732.

BB *unes* plates royaus 1489; unes plates fortes 1718.

b) Dans le sens de : la plupart, la majeure partie, HC emploie *ly plus* 13,16; 191,20; *plus* 82,11, et *ly plusour* 35,11; 46,15; 66,18; tandis que BS et BB ne connaissent que *li pluseur, plusour*.

BS *li pluseur* I, 74; li plusour I, 616; VII, 270, 658, etc. — BB *li plusour* 167, 184, 1067, 1678, 2253, 5659; les plusours 972, 1512, 4386.

c) « Un des faits grammaticaux les plus saillants qui s'offrent au lecteur de Baudouin de Sebourc et de Batard de Bouillon c'est, comme le dit Scheler, p. 240, la substitution de *car* à *que* (relatif ou conjonction), quand il est suivi d'une voyelle ». — Aucun exemple de ce *car* dans HC.

BS *car* relatif III. 841; IV, 540; VII, 576; X, 640; XI, 47; XXII, 1063; XXIII, 513, etc.; *car* conjonction : enchois *car* III, 269; *car* III, 550; VI, 257; VII, 626; VIII, 813; XI, 46, 172; tant *car* XV, 594; XVII, 212, etc.

BB *car* relatif 1900, 5048, 5240; *car* conjonction après *enchois* 711, 1522, 1882; après *fors che* 1197; après *pour ce* 2993, 4156; après *a fin* 4164; après *tant* (jusqu'à ce) 3326, 3330; après *ensi* 4498; après *plus* 4834, et à la suite des verbes *prier* 289; *mander* 3777; *dire* 5868; *voloir* 3999.

d) HC dans les appellations emploie le mot *sire* précédant le nom propre, le titre ou bien le nom propre tout court : *sire* Fedry 167,26; sire frans connestablez 199,12; Fedris 299,24.

BS et BB emploient seuls *dans*.

BS *dans* Harpins I, 203; dans Jehans XXV, 362; dans prestrez V, 538; dans abbes XVI, 43; dans mones XVI, 57, 453.

BB *dans* Pieres 1409; dans Pieron 656, 1168.

BB contient de plus (à la rime) le féminin *done*, 5554 qui manque dans BS.

c) Le mot *puissedi* : ensuite, dans la suite, manque dans HG; il est employé quelquefois dans BS : *puissedi* I, 17, 80, 539; III, 470; IV, 734, 665; VII, 473; XII, 589; XV, 346; XXI, 392, 417; XXIII, 839; XXIV, 1082; XXV, 22, 1001.

Il ne reparaît pas dans BB.

e) *Voici encore quelques mots ou expressions remarquables propres à BS et BB. Les remarques *e*, *f*, *g*, *h* sont empruntées à Tobler.

Hibondee BS XXII, 383, Dis mile Sarrasin, a une *ibondee* Ont le conte assali. — BB 337 Quatre cent Sarrazin a une hibondee Coururent sur Richart.

Le mot manque dans Godefroy. La traduction de Scheler, p. 242, « d'un seul flot, en une flotte, en masse », paraît exacte. Le mot nous paraît synonyme d'*hibondiere* que Scheler ne cite pas, et qui est donné par Godefroy avec le sens de *tapage*. « Mais a grant hibondiere Les reboutent si outre cheus dedens la barriere ».

Chron. des ducs de Bourgogne 10, 100. *Chron.* belges.

* *f*) *Encontre*. BS V, 185, Car de .XX. encontre un. l. laide parture i a. — BB 4390. Car de cent encontre un i a trop fort passage.

* *g*) *Pour*. BS XVII, 956, Pour tout le plus hardi de trente roiautés. Vous done l'arriere-garde... — BB 3679, Qu'il croie le conseil de Huon qui fu la Pour tout le plus preudomme c'onkes Dieu estora.

* *h*) *Bon estre* suivi d'un participe passé. BS III, 1146, Par me foy vous seriés bonne en .I. fu lancie; XXIII, 902. — BB 3212. Chertes bons mors sera; 6243. Car mout bonne seroit mise en religion.

* *i*) *Souspirer des iex*. BS X 933, Dont prist a souspirer des biaux iex de son vis. — BB 6027, Des biaux iex de son chief em prist a souspirer.

* *j*) *Estre de l'aünee*. BS XX, 53, Li Bastard de Sebourc, qui estoit de l'ainsnee (Corrigez : *de l'aünee*). — BB, 1385, Li fors cors Esclamars qui estoit de l'armee (Corrigez : *de l'aünee*).

Le manuscrit porte *l'aiuee* et Scheler a corrigé *de l'armee*, sans pouvoir expliquer l'expression. En réalité, ce sont deux fautes du copiste, ou des mots mal lus. Il faut lire tout simplement *aünee*, mot connu, dérivé de *aüner*, réunir, écrit correctement ailleurs dans BS VIII, 1109; X, 75.

* *k*) *Proverbes rares*. — BS X, 404, dont .I. proverbe dist, c'on doit bien recorder : Que li hons, quant il a grace du main lever, Il poet bien, che dist-on, dormir jus-

qu'au disner. — BB 1393, Li preudons a cui grace est tres
bienalleuee, Qu'il se lieve a matin enchois l'aube crevee,
Il poet hardiment dormir grant matinee.

BS IV, 46, Che que li truie fait, compere maintes fois
Li petis pourchelez, dont che n'est mie drois. — BB 5355
Che que la truie fait, les pourchiaus demand'on.

BS III, 1124, Sans l'un l'autre espouser ont ami et amie
Soulas et grand deduit et plaisanche a le fie. — BB
2442, On a sans marier souvent de bons delis.

Style : chevilles.

Parmi les fins de vers, les chevilles et les expressions
toutes faites il suffira de relever celles qui manquent à
HC, mais sont communes à BS et BB. Comparer la dissertation de M. D, p. 120.

qui tant ot signourie BS I, 358, 379; II, 560, 805, 903;
III, 757; VIII, 909; XI, 250; XIII, 857, etc. — BB 4070.

glouton soudoiant : BS XXI, 621; XII, 413. — BB 6500.

qui blanc ot le grenon : BS XX, 3, 233; XXI, 711; XXIV,
62, 828. — BB 5668, qui [blans ot] les grenons.

qui tant a hardement : BS II, 751; VIII, 879; XIV, 24,
1397; XV, 1362; XVI, 201, 378. — BB 1505, 2868, 4364.

qui tant ot vasselage : BS VII, 571; XXI, 5, 23, 135;
XXII, 181; XXIV, 144. — BB 86, 3747.

damoisiaus, vassaus etc., cremus : BS III, 59; VI, 615;
VII, 715; X, 231; XIX, 594; XXII, 566; XXIV, 737. — BB
qui tant estoit cremus : 644, 3565.

li contes naturés : BS III, 924; qui tant est naturés : BS
VI, 707; IX, 473, 793; XXV, 360, 362. — BB li vassaux
naturés : 1404; qui tant fu naturés : 453, 456.

li traïtres prouvez : BS I, 771; V, 881; VIII, 1096; XV,
1189; XVIII, 452. — BB leres prouvés : 2776; traïtour
prouvé : 4691.

qui le coer ot lanier, ot coer lanier : BS XIII, 921; XV,
1112; — BB qui tant ot cuer lanier, 5154.

cité, castel dont li mur sont plenier : BS II, 202; IV,
745; XIII, 650; XV, 1101; XVII, 158; XVIII, 350, etc. —
BB, 693, 4575.

pré verdoiant : BS IV, 6; XVII, 551; XVI, 328; XXV,
654. — BB, 1742.

erbe qui verdoie : BS XV, 811; XVIII, 536. — BB,
618.

tolir la vie : BS XI, 63; XVII, 966. — BB 820. — tollut
la vie : BS II, 553; VI, 754. — BB 4439, 4076, 4888.

et par fais et par dis : BS XIV, 773; XIX, 44; XXIV, 206.
— BB ne par fais ne par dis : 2392.

ses amis et ses drus : BS II, 479; XVIII, 723; XIX, 84;
XX, 910. — BB 806.

mon talent et mon bon : BS XIV, 1246, 1259; XVI, 585;
XXII 1008. — BB 4333, 5940.

En joie et en baudour : BS II, 309: IX, 20 ; XVII, 603;
XIX 600 ; XX 673 ; XXII, 109 — BB 3657.

Veïr et regarder : BS VI, 275 ; XVI 491 ; XX 779 ; —
veüe et regardee XI, 593 — BB veüe et regardee 672.

Vechi grant deablie : BS XX, 550 — BB ch'estoit grans
deablie 4455.

Suite des chevilles : serments.

Par les sains de lassus : BS III, 65, 718 ; VI, 631; XII,
219; XIX, 579 : XX, 908 ; XXII, 552 — BB 3568.

Par le mien serement (par exception) dans HC, 141,21. —
BS II, 519, etc. — BB 2877, 3169, 3617, 4366.

Par cheste teste moie : BS XVIII, 852 — BB par cheste
barbe moie 6001.

Par me barbe flourie : BS VII, 503 et BB 4128.

Dieu, la Vierge, les Saints, etc.

On ne relèvera encore que les expressions communes à
BS et BB qui manquent à HC.

[Dieu] a cui li mons apent : BS II, 750 ; VII, 612, 773;
IX, 639 ; XI, 110 ; XV, 1421 ; XVI, 180, 396 ; XIX, 414, etc.
— BB 133, 2032, 4363.

Par le Dieu que j'aour : BS II, 306; VII, 639, 652 ; VIII,
774 : XII, 459 ; XVII, 593 ; XXII, 1124. — BB 2263.

[Jesus-Christ] qui fist Longis pardon : BS XVII, 1027. —
BB 33.

Par Dieu qui fu vendus : BS VI, 624. — BB qui pour nous
fut vendus, 653.

Par Dieu qui fut penés : BS XV, 1182, etc. — BB qui pour
nous fut penés, 1428.

Par le Vierge honneree : BS VII, 35 ; X, 629 ; XII, 300 ;
XIX, 1117. — BB 2596, 5125.

Par le Vierge sauvee : BS V, 291 ; XIV, 456 ; XVIII, 27.
— BB 3509, 3495.

Vierge discree : BS XIV, 462. — BB 2601.

Noms des saints communs à HC, BS et BB.

Saint Denis HC 180,11 ; BS XXII, 865 ; BB, 2441. — St
Firmin, Fermin, Fremin HC 64,20, 232,1 ; BS VII, 748 ; BB

2613 ; — Saint Martin HC 125,₁₅ : BS I, 917 ; II, 137, etc. :
BB 1087, 2607 — saint Simon HC 194,₁₂ ; BS XVI, 607 ;
BB 4328.

Saints communs à HC et BS qui manquent à BB.

Sainte Caterine HC 83,₇ ; BS IV, 675 — saint Elie HC,
172,₁ ; BS I, 588 ; saint Gabriel HC 37,₂ ; BS IX, 133 ; —
saint Germain HC 96,₈ ; BS II, 200 — saint Marcel HC
36,₂₅ ; BS VI, 478 ; — saint Omer 80,₂₅ ; BS X, 85 ; — saint
Remy HC 29,₇ ; 88, 193,₃, etc. — BS n'a que : si m'aït sains
Remis I, 199.

Saints communs à BS et BB qui manquent à HC.

BS I, 1008 foy que doy saint Islaire ; BB item 4011 ; —
saint Pierre BS I, 300, V, 794. XXIV, 872 : BB le baron
saint Pierre, 266 ; BS IX, 613 ; XVI, 1126. Et foy que doy
saint Pierre c'on quiert en pré Noiron ; BB Mais foy que
doy saint Pierre, c'on kiert en pré Noiron 4345 ; — BS II,
829, foy que doi saint Vincant ; BB le baron saint Vinchant, 6506.

Saint commun à HC et BB, qui manque à BS.

HC saint Jehans 69,₂₀ ; BB, 4284.

Saints propres à HC.

HC saint Clément 22,₂₀ ; 23,₁₂ ; — saint Florent de Roie
90,₁₀ ; — saint Guineman 103,₈ — saint Nicollaï 93,₁₈.

Saints propres à BS.

BS saint Aubin VIII, 678 ; — saint Brandon XV 325,
581 ; — saint Danel III 657 : VI, 481 etc. ; — saint Eloy I,
901 ; — saint Fransoys XXV. 37 ; — saint Gervais XIX,
254 ; — saint Jonas XVIII, 561 ; — saint Julien V, 360 ; —
saint Lienart XX, 255 ; — saint Mabieu XIV, 390 ; — saint
Pol XIV, 390 ; — saint Richier VII, 412, VIII, 167, etc. ;
— saint Séraphin XX, 496.

Saints propres à BB.

BB Par le corps saint Bernart 783 ; — par saint Clai-
ron 2724 ; — si m'aït saint Servais ; 2369 ; — foy que doy
saint Thomas 1695.

Comparaisons communes à BS et BB qui manquent à HC (Cf. la Diss. de M. D. p. 132).

BS XVIII, 752, Il couroit sus Gaufroi come beste esragie. — BB En behourdant il vient conme beste esragie 4881.

BS XIV, 636 courant que chien dervé. — BB combatre ainsi com chien dervé 2177.

Hyperboles (quantités, prix, distances, qualifications).

Pour les prix ou quantités, les différences entre HC, BS et BB rempliraient encore deux ou trois pages. On peut les voir dans la dissertation de M. D., p. 137-138. Bornons-nous à relever : 1° les hyperboles communes à BS et BB qui manquent à HC ; 2° les hyperboles propres à BB (quantités et distances).

Quantités communes à BS et BB qui ne sont pas dans HC.

BS pour tout l'or d'Oriant BS IX 294 ; XXII 730 ; BB pour l'avoir d'Orient 2310 ; — BS pour tout l'or de Paris VI, 356 ; — BB ne vausist pas tenir trestout l'or de Paris 5379 ; — BS pour tout l'or d'outremer XXII, 443 ; — BB 2301, item. — BS pour tout l'or Salemon II 407 ; BB 5571, item ; — BS d'avoir plaine une tour IX 46 ; XVIII 376 ; — BB pour d'or plaine une tour 2268 ; — BS d'or une quarree I 485 ; XIX 1126 ; XX 80 ; — BB 3498, item.

Quantités propres à BB.

BB Pour trestout l'avoir qui est en Occident 2881 ; — pour tout l'or d'Abilant 3549 ; — pour tout l'or c'onkes fu dedens Inde majour 2262 ; — tous li ors de Persie 4430 ; — pour tout l'or Psalemon 5571 ; — pour l'or de Roumenie 4115 ; — qui bien valoit Roussie 4115 ; — pour tout l'or de Surie 4109 ; — pour tout le firmament 3644 ; — pour le tresor Davi 4800 ; — le trésor Pharaon 5920.

Hyperboles, distances communes à BS et BB qui manquent à HC (Cf. D., p. 139).

BS jusqu'a l'arbre qui fent XVIII, 625, XXII, 307. — BB 587, 2874 ; — BS jusqu'en Cafarnaon IX, 602 ; XXIII,

6o2 ; — BB 2972 ; — BS dessi jusqu'an Quartage II, 465 ;
— BB 92 ; — BS dessi qu'en Picardie II 559 ; — BB jusques ou Pas Piquart 786 ; — BS jusqu'a Troie I 695 et BB
nés de Troie 623.

Distances propres à BB.

BB deci jusques Ais 2368 — dessi jusqu'en Baviere
1788 ; — le mieudre qui soit jusques ou Fart 777 — jusques en Oriant 5o58 — en Orient 5459 — dessi qu'a Orben-
das 1693 — qui soit jusqu'en Persie 4601 — desci jusqu'au
sec arbre 209 — jusqu'as pors de Baudas 1151 — jusqu'a
le Rouge Mer 1188.

Hyperboles, superlatifs communs à BS et BB qui manquent à HC (Cf. D., p. 140).

BS li plus hardis qui puist de vin gouster I, 518 — BB
A le plus gracieuse c'onques beüst de vin 1587 ; — S'estes
li plus couvars c'onkes beüst de vin 2619.
BS au plus aventureus c'onques chainsist espee VIII,
404 ; onques plus biaus de lui..... ne chaindi espee III,
439 ; — BB Pour tout le plus hardi c'onkes chainsist
espee 35o8.
BS la plus bele duchoise qui soit el firmament II, 757
— BB le plus preus roys qui soit el firmament 590 — BS
n'avoit au siecle oisel, tant com li mons tournie II, 870 —
BS la plus belle qui soit, tant com li chius tournie XXI,
798. — BB tant com li chieus tournie. Ni a tel chevalier
ne de tel baronnie 1965 et 4604 : — BB Tant com li mers
tournie avironnablement 585.

Litotes

a) Pour abréger, on ne donnera le détail des renvois
que pour BB, et l'on renverra pour HC et BS à la dissertation de M. Deutschmann p. 144-147.

Litotes communes à HC, BS et BB.

Espi BB je n'en donne un espi 4825 ; deus espis 5699 ;
n'i valent deus espis 419.
Festu BB n'i valoit deus festus 653.
Neut d'estrain BB ne l'amoit vaillant un neu d'estrain
4145.
Osiere BB. Haubers ne auquetons n'i valut une osiere
257.
Pomme pourie BB je ne vous pris ni ainmé une pomme

pourrie 2790 : ne durriez contre eux une pomme pourrie 1226.

Bouton BB je n'en donne un bouton 564 ; qui vausist un bouton 3426 : ne vaut mais un bouton 4343 ; ne vous vault un bouton 5336.

Gant BB qui vous eüst meffait le monte de deus gans 4283.

Parisis BB n'i vant un paresis 3101, 4511 : mais che ne li vausist vaillant un paresis 5365 ; vaillant deus paresis 4915.

Tournois BB Toutes ses armeüres n'i valent un tournois 1995 ; qui vaille deux tournoys 1600 ; desci jusqu'au sec arbre n'ares un seul tournois 209.

Litotes communes à HC et BS, qui manquent à BB.

Aillie, flour, noix, pomme paree, pain, pigne, ne maille ne denier, denree, denree ne demie, esterlin.

Litotes manquant à HC, mais communes à BS et BB.

Alie BS n'i valut une alie III, 766 ; n'arai valissant une alie XI, 240, qui ne vault une alie XVI, 716 — BB ne li vault une alie 4883 ; n'i valut une alie, 3045 ; je n'en donne une alie 1218.

Pomme pellee BS n'en donroie de France une pomme pelee XXIV, 269, etc. — BB ne donna du sien une pomme pelce 4155. n'i vault une pomme pelec 1539, 3492 ; on n'amoit Ourry une pomme pelee 4155.

Esporon BS n'en donne un esporon XII, 29 ; qui vaille un esporon XIII, 619 ; XX, 598, XXIII, 412 — BB qui vaille un esporon 2122.

Dé BS ne vault point miex un dé XIV, 664 ; XXIII, 168 ; ne les ayme. II. dés V, 871 ; XVIII, 875 ; XXII, 601 ; qui vaille IV dés XI, 258 ; — BB armeüres qu'il ait ne li valent un dé 1040, 3398 : ne donroie deus dés 2771 ; qui ne vaut quatre dés 1413.

Denier BS qu'il ne doublent la mort un denier valissant IV, 251 ; que nous ne ariens mie le montant d'un denier ; IV, 737 : item V, 407 ; VI, 736 : VII, 410 ; VIII, 814 ; 1058, 1131 : X, 561 : XIII, 653, 682, etc. — BB Toutes ses armeüres n'i valent un denier 703, 4576.

Denier monnaé BS or n'i ai ge vaillant. II. deniers monnaés IX, 225 : item XVII, 949 : XVIII, 813 : XXV, 702. — BB ne conquistrent au prendre deus deniers monnaés 1423.

Florin, frelin BS n'en donna le monte d'un frelin VII, 210, 752 : XXIV 635. — BB ne donroie un frelin 2620 ; qui valoit maint florin 1572.

c) Litotes propres à HC.

HC le monte d'un fusel $6_{,19}$: vaillant une laitue $104_{,5}$:
II neus $9_{,18}$: qui vaille IV pois 151 : — ne prisiez no mestier ung rosiel $7_{,12}$; un peu de croie, $91_{,8}$: n'y aray une toüe $208_{,23}$.

d) Litotes propres à BS

BS ail pelé, astele, chastaigne, foeille de may, foeille de mente, foeille d'ortie, roisin, saus pelee, la pierre d'un besfroy, valissant une escroe, formage, le monte d'un hestal, une livre d'estain, pain, un morsel de pain, un angevin, deus as, besant, ne obole ne denier, demie ne denree.

f) Litotes propres à BB.

Aus BB ne le prisa deus aus 1475.
Branche BB Et se vous li meffaites le monte d'une branche 4075.
Chivot BB Li haubers n'i valut nient plus comme un *chivot* 306 ; n'i valent un chivot 4846.
Fusiaus BB ne le prise mie valis2ant deus fusiaus 3120.
Naviaus BB je ne vous prise mie valissant deus naviaus 1478.
Flaxart BB Toutes ses armeures n'i valent deus flaxars 1684.
Lasniere BB ne prise crestiens une viese lasniere 263.
Targe BB Du mandement du roy ne donna une targe, 104 : je n'en eüst perdu valissant une targe 1853.

CONCLUSION

On croit avoir relevé avec minutie les différences entre BS et BB. Ces différences sont insignifiantes et le plus souvent dûes au hasard : au contraire les coïncidences et les identités abondent. On en peut conclure avec certitude que BS et BB sont partis non seulement de la même région, ou de la même ville, mais *de la même main*.

LE DIT DU PRUNIER

LE DIT DU PRUNIER[1]

. . . .

F. 153, R°, c. 1

[P]our[2] venir a moralité,
Ly pruniers duquel j'ay parlé,
Qui estoit haulx et estendus,
Doit par proeche estre entendus,
5   Car ly fruis est en son venir
Trop durs et amerz a sentir,
Et ly fleur est moult tost gastee
Soit par bruyne ou par gellee :
Aussi est moult seurs a gouster
10   Fruis de proece a bacheler,
Car moult[3] le trueve amer et dur
Avant qu'i l'ait douch ne meür,
Et le fleur est tost anullee
Ains qu'elle soit prinse et nouee ;
15   Ce sont leur boin comenchement
Qui moult treuvent d'empeschement
Ains qu'a oeuvre puissent venir.
Ly vregier qu'on doit moult cierir,
Ens ouquel proeche est trouvee
20   Et tresseürement plantee,
Est honnours, qui sy le nourist
Que boins fruis de saison en yst.

---

1. Bibliothèque Nationale, Manuscrit n. a. fr. 6524, folio 153, recto.
En haut de la page, titre écrit de la main de DU CANGE : *Le Roman du
dict du Chevalier*.
2. P écrit par rubricateur, très petit, en marge.
3. Ms : *trop moult — trop* a été barré par le copiste.

Ly haulx murs dont elle est enclose,
Par quoy du commun est fourclose,

25   Poeuent estre [les] grandes mises
Qui en ly aquerre sont mises,
Dont povres homs ne pocut finer,
S'autres ne lui ayde a finer,
Et doy compagnon dessus dit
30   Sont comparé, selon mon dit,
A deux paires de dames bonnes
Qui des mieudres treuvent les bones.
Les unes, que moult doy loer,
Sont vefves et a marier ;
35   Cestes donnent de leurs joyaux
Et de leurs dons riches et beaux
As chevaliers, c'est mes recorps,
Pour aydier a faire le corps ;
Et quant du leur ont le corps [fait] [1],
40   Tant qu'il sont dit preu et parfait,
Lors les prendent par mariage
Et conjoignent en ung mainage
Les biens qu'il ont et ont aquis ;
Et se chieux est vilains homs [2] dis,
45   Honnourez en est grandement ;
Ainsy rechoit et chieux ly rent
Le bien que celle ly presta,
Quant de fait d'armes l'avoya.
Dames sont d'une autre maniere
50   Que je loe moult et ay chiere,
Qui, pour chou qu'elles ont maris,
N'osent, sy que firent jadis,
Faire a tel gent avanchement,
Qu'on en parle villainement,
55   Jasoit que grant [3] bien y entendent
Et qu'a fine loyauté tendent.

1. *Fait* a été enlevé par le relieur.
2. Ms : *home.* Une autre main a corrigé : *homs.*
3. *quant.*

Ceste a celluy voel comparer
Qui ne vault aydier a monter
Le compagnon dessus le mur,
Ce qu'il dist, sy qu'oy avez,
60   Car pas n'estoit bien asseür
Que de tel fruit avoit assez
Par dedens le sien tenement.
As dames comper proprement
65   Qui hont maris preux et vaillans
Sy que leur havoir et leur temps
Cœurs et corps, desir et penser
Ne vuelent mie abandonner
As estragnes bachelerés,
70   S'[a] elles[1] ne sont pas loyés.
Et pour chou que je voye riens
En ces deux dames fors que biens,
Voel mon dit parfaire et former
D'une grant dame en qui trouver
75   Puis toutes ces conditions
Des dames dont parlé avons,
Tant qu'as deux poins dessus noncez,
Que briefment vous ay declarez,
D'a point donner et d'escondire,
80   Au mieux que je le poray dire,
Cil[1] contes a ceste fin sert,
Qui grant grace et honneur desert,
Dist qu'une[3] dame fu jadis
Honneste et en fais et en dictz,
85   Haulte femme et bien hiretee[4],
Avec ce sy bien mariee
Qu'en son pays ne pooit plus
Aprez les roys, princes et dus,

F. 153, V°, c. 1

---

1. **Ms** : *Selles*.
2. *Cy*.
3. *que une*.
4. *hietee* sans aucun signe.

En beauté et en vasselage,
90   Et bonté, riqueche et linage ;
Car tout n'euïst title de comte [1],
Pluseurs en faisoient tel compte
Que ly plus des prinches disoit
Que de prez leur appartenoit,
95   Et qu'estrès estoit tout du mains
De prinches et de chastelains,
Et la dame tout autretel.
Le chevalier a son hostel
Ne faisoit pas grant residence,
100   Car, pour [sa] vaillance et syenche,
Estoit de ses amis mandez
Par moult de fois et de tout lez,
Pour yaux deffendre et consillier,
Et leurs besongnes adrechier,
105   Et de son hostel s'atendoit
A la dame qui sage estoit.
La dame heult ung maistre d'ostel,
Ens ou royalme n'avoit tel,
Qu'elle amoit moult et honnouroit,
110   Car en ses besongnes l'avoit
Trouvé loyal et pourfitable,
Sage, hardy et honnourable,
Car il ne cremoit fust ne fier.
S'avint qu'ens ou coeur de l'yver,
115   Es longues nuis aprez soupper,
Qu'on a assez tans de bourder,
De juer et de faire huiseuse[s],
Par parolles sy gracieuses.
Ly demanda en son riant
120   S'il avoit eü nul enffant,
Et s'il en avoit a present ;
Et il respondy bassement

F. 153, Vᵉ, c. 2

1. Ms : *compte.*

       : « Dame, par ung tour que je say,
       Puis bien dire que nul n'en ay,
125   S'en puis avoir honte et damage. »
       Et elle lui dist : « Tel langage
       N'entent point, monseigneur Gautier,
       Je ne say mais, par saint Legier,
       Point de minon s'en ne dist cat. »
130   Et il dist : « A peu de debat
       En feray declaracion,
       Mais c'iert a me confusion,
       Sy que moult envys le diray. »
       Et elle respondy : « Je n'ay
135   Pas si grant mestier du savoir
       Que j'aye desir ne voloir
       De l'oÿr, se il vous anoye. »
       Et cilz dist : « Se je le celoie,
       Dame, sy seroit il sceü.
140   J'ay ung fil grant et parcreü,
       Mais nulz ne le poeut dessevrer
       Pour descompagnier ny hoster
       De le compagnie as garchons,
       Et s'est telle m'opinions
145   Que no plus petite maisnie
       Enpire de se compagnie,
       Car ly garchon qui nuement[1]
       Voient tout plain de bonne gent
       Pour le cause de leur serviche,
150   Sy qu'il demeurent sage et riche,
       Et ly varlet sy hault avienent[1]
       Par convoitier bien et honneur
       Qu'en le fin deviennent seigneur ;
       Et a ce n'entent pas mes fieux,
155   Mais les plus hors[2] et les plus vieux
       Compagnies qu'il poeut trouver ;
       C'est bien cause pour vous tourbler. »

F. 154, R°, c. 1

---

1. Un vers sans rime.
2. Ms : *le, le.*

— : « Mais ja ne m'en[1] [a]honteroye »,
Dist elle, « puis que je verroye
160   Que je perderoye mon temps.
Cil qui engendrent les enffans
Sont cause de leur engendrure,
De leur estre selonc nature,
Car tant qu'au corps livrent matere,
165   Mais nous avons ung second pere
Qui ens es[2] cors, a son tallent,
Assiet tres boin l'entendement,
Et donne graces de bien faire :

C'est Dieux, qu'on ne poeut contrefaire,
170   Et quant plus faire ne poez,
Ja hontoyer ne vous devez
De chou ou nature a failli[3],
Ou il plaist Dieu a estre ainsi ;
Mais s'en vous pooit repruver
175   Que de lui a point doctriner
Fussiez remis et negligens,
Je diroye, selon men sens,
Que vous honteux estre en devriez ;
Mais je croy que fait en ayez
180   A vo pooir vo diligence,
Sy que, de certaine science,
Pour vostre honneur vous loe et pri[4]
Que vous l'envoyez devers my
Et lui dites que je le mande
185   Et, au fort, que je lui commande,
S'il n'obeïst, au mandement[5]
N'osera, je croy, contredire,
Et je lui entent[6] tant a dire,

---

1. Ms : *honteroye*.
2. *est*.
3. *faillie*.
4. *prie*.
5. *comandement* ; vers sans rime ; le sens est complet.
6. *en | teng* en deux mots.

Se Dieu plaist, que mieux en sera. »
190 Ly chevaliers l'en merchia,
Sy s'en ala a son hostel.
L'endemain assez d'un et d'el
Trouva assez a besoingnier,
Car il avoit moult a songnier,
195 Ains [1] ou point que il y ala,
Erramment son fil demanda,
Quant a l'ostel ne le vit mie.
On lui dist qu'a le fillerye,
Qu'on appelle escrienne ou chelier,
200 S'estoit assis pour desvuidier
Les fusees des filleresses.
: « Puis que les nones et les messes
Furent par les moustierz cantees,
Et s'orent fectes leur disnees
205 No cheval et no ahanier
Ains qu'il se vaulsissent couchier [2],
Ne say s'il menga en son lit,
Mais je crois que nulz ne le vit
Huy en l'hostel [3] mengier ne boire. »
210 — : « Je vous en voel », dist il, « bien croire.
Alez, sy le m'amenez cha. »
Ungs varlès tantost y ala,
Sy l'amena sy tost qu'i peut.
Et le pere le mieux qu'il seult
215 Ly monstra admiablement
De sa dame le mandement,
Tant que tout le fist esbahy,
Et que tous ly sans ly fremy,
Que il en frippa de l'espaule.
220 N'on ne poroit mettre en ung raulle
Ses grans nichetez au voir dire.
Adont dist, pour lui escondire,

F. 154, V°, c. 1

1. Ms : *Ens.*
2. *coschier :* Au dessus de l's long une ancienne main a mis un *u.*
3. *en son hostel.*

Que il n'alast en ce voyage.
Ly peres lui monstra l'oultrage
225 Que il feroit au demourer,
Et tant l'en ala apresser
Que rien n'y vault ly escondis ;
Lors y ala moult a envis.
Quant a la court fu descendus,
230 Et en my la salle venus,
En tant que le pere parla,
La dame moult le regarda
En pensant com yl pooit estre
Que corps avoit de sy nice estre.
235 Car le teste avoit emplumee
Et cavelure hurepee
Qui en ses yeux ly estequoit
Et moult tresmal ly avenoit ;
Capperon ot sale et pelu,
240 Desoux le gorge descousu,
Et derire, au dur de le teste ;
Moult sembloit [il] sauvage beste
Par les queviaux qui en yssoient
Qui par locques hors ly pendoient ;
245 Ongles ot lons de tel[1] affaire
Qu'on en peüist[2] lanternes faire,
Mal rez et dedens maucurez,
Les solliers blans et emboés,
Les cauches ordes et crotees,
250 Mal estendues et ridees,
Descousues desoux l'ourlet
Du[3] sorler et au guieret,
Sy que par pieches en yssoient
Les brayes qui y apparoient ;
255 La robbe souillee et crotee,
Descousue et desfillendree,

F. 154, V°, c. 2

1. Ms : *telle*.
2. *puist.*
3. *de son.*

Et nommeement a l'empointe,
Deriere et devant, en le pointe ;
Par ses nices melancolies
260   Sour ses poins toutes deslachies
Ly gisoient adès ses manses,
Et par sy faites contenances
Elle eult cause de presumer,
De cuidier et de supposer
265   Qu'il ne fust fieux de chevalier.
Sy lui dist : « Mesire Gautier,
Or me dites se vous savez
Qui est chieux que vous la veés,
Qui nous fait ung sy long deriere
270   Et tant a reculé ariere. »
Et il luy dist : « Ma douche dame,
Chou est mes nices fieux, par m'ame ;
Aucun fuient par honnesté,
Mais il le fait par niceté,
275   Car il ne scet sa contenanche. »
— : « Ayez en Dieu vostre esperanche »,
Dist elle, « et il vous aydera. »
Par devers le jone homme ala,
Et ly peres s'ala partir [1],
280   La dame en laissa convenir
Qui estoit honnourable et sage ;
Se lui dist par moult bel langage
: « Jehan, vous soiez bien venus !
Comment vous estes vous tenus
285   Beau sire, tant de cy venir ?
Par saint Esteve le martir,
De riens ne vous fussiez perdus
Se plenté y fussiez venus,
Car, qui voeut a bien faire entendre,
290   On poeut ceens assez apprendre,

F. 155, R°, c. 1

---

1. Ms : *pareir*.

Et sy a en ceste maison
Des jones femmes grant foyson
Qui poroient a bonnes gens
Faire tout plains[1] d'esbatemens
295 En bien, et sy vous en feroient
Plus qu'atruy, puisqu'elle[s] veroient,
Beau sire, que bien me plairoit. »
Chieux ly respondy a son droit,
Comme ygnorans, a la maniere
300 De le simple gent vilotiere,
Quant pensé il ot grant espace :
: « Dame, grant merchis ; sauve grace,
Il fait trop plus bel a no ville ;
Ly une queust, ly autre fille,
305 Et s'y ot on de trop boins mos.
Par Dieu, no ville a bien le los
Par dessus[2] toutes les villettes
[D'avoir] plus belles baisselettes[3]
De tout cest pays, ce dit on.
310 Encoire eumes nous le mouton
Avant hier, par no tresquerie,
Pour le plus belle compagnie
Qui fust entre . XVI . hameaux.
G'y havroye plus de reviaux
315 En ung jour que cy en ung mois. »
— : « Voire », dist la dame en sordois[4],
« Mais ce n'est mie voz estas,
Et dou nostre ne poez pas
Beau sire, bien a point jugier
320 Se vous ne volez assayer,
Ce poeut on clerement savoir. »
— : « Dame », dist il, « vous dictes voir,

F. 155, Rᵒ, c. 2

1. Ms : *touplains.*
2. *dessoux.*
3. *Des plus belles baisselettes ;* vers trop court.
4. *sordois.*

Autel vous puis [je] repruver.
J'oseroye pour voir jurer
325 Que, s'un seul jour aviez esté
Ou deduit que g'y ay trouvé,
Jamais departir ne vauriés,
Mais volentiers renoncheriez
A terre, a riquesche, a linage,
330 Pour maintenir le droit usage
Que j'ay jusques ci[1] maintenu. »
Elle vit bien que tout vaincu
Jamais en parlant ne[2] l'aroit
Se par forche ne s'efforchoit,
335 Et que trop plus aroit a faire
A ung nice coquart atraire
Qu'a ung homme sage et courtois ;
S'y l'ala prendre par les dois
Pour moult douchement manier
340 Et puis par les quaveux pignier,
En tirant sa douche barbette
Qui par nature estoit blanchette,
Mais si crapeuse estoit ou fons
Que le poil en sambloit mains blons.
345 En tant qu'elle le pourtastoit,
Elle vit bien qu'il rougissoit
Et moult souvent muoit couleur.
Errant lui dist : « Par men Sauveur,
Se me paine employer cuidoye,
350 Jehan, pour bien vous loeroye
Que chaiens feïssiez amie :
Sachiez que mains n'en vauriez mie,
Se l'une de nous bien amiez.
Regardez nous, sy eslisiez,
355 Nous sommes des femmes plenté ;
Cascuns aime a sa volenté,

F. 155. V°, c. 1

1. Ms : *jusques a.*
2. *nen.*

Tout ne puist il amie avoir.
A premierz ne vous doit caloir
Se vostres cœurs pensse trop hault ;
360   Soiez hardis et ne vous cault
De grant terre ne de linage :
Aussi bien met en son servage
Amours une grande[1] terriere
Qu'il feroit une chamb[e]riere.
365   Tant qu'a ore, vous partirez
Et a ces pucelles yrez
Prendre ung petit d'esbatement.
Pour la parolle de la gent,
Que il mal parler en poroient,
370   S'ensamble parler nous vëoient,
Et aprez disner vous diray
Aucune chose que je say,
Beau sire, que bien vous fera. »
Adont sur le piet ly passa
F. 155, V°, c. 2 375   Sy fort comme elle pot, sans faindre,
Et ung doit lui ala estraindre
Sy fort qu'elle lui fist croquier,
Pui ala ses femmes huquier,
Marie, Marguerite et Anéz
380   : « Belles dames, trayez vous préz
De nous, ce n'est mie secréz ;
Soyez courtoises, sy metéz
Cet escuier par delez vous. »
Elles dirent : « Sy ferons nous »,
385   Et le firent courtoisement,
Et au diner reveranment
Le prisent a point pour laver,
Et puis l'en alerent mener
A table entre les deux premieres.
390   Moult y fist de niches manieres,

1. Ms : *grant.*

Car a table mist sen coutel
Enruinyé, crassable[1] et peu bel,
Dont grans morseaux prinst a tailler
Qu'il engloutoit a peu masquier ;
395   A table seoit sy crochus
Que il en sambloit tous bochus.
Non pour quant qu'il pensast souvent
A la dame qui douchement
Ly ot fait bel atrait ; nient mains
400   Tout adès mengoit a deux mains
De la viande le plus belle
Que il trouvoit en l'escuëlle,
Puis apoingnoit pour plus qu'assez
Bouter ou trou desous le nez,
405   Dont crassement [il] s'embrouilloit,
Car par ses . V. dois aherdoit
Broués, chivéz et galentines.
Tout plein y eult d'autre[s] couvines
Que je ne voel pas recorder.
410   La bonne dame aprez disner
Dedens sa chambre le mena,
Beaux mos lui dist, puis ly donna
Riche chainture et aloyere
Qu' aucun[2] appellent gibessiere,
415   Et s'y trouva, dont fist grant joye,
De l'or avec aultre monnoye.
La dame bel le doctrina
Et courtoisement le pria
Que [bien] tost[3] vosist revenir.
420   Ly peres s'ala departir
Par les signes qu'elle luy fist,
Et les mos qu'en secré lui dist,
Qui au fis furent pourfitant.
Moult souvent aloit regardant

F. 15, R°, c. 1

1. Ms : *cras* | *sable* en deux mots.
2. *chun*, abréviation de *chascun*.
3. *que tost venist revenir.*

425 Ly escuier[s] ses deux juiaux
Lesquelz il tenoit pour sy beaux
Que c'estoit deduis du vëir.
Ly peres, sans lui esquernir,
Se contenanche regardoit
430 Et moult tresbien aperchevoit
Que la dame par son parler
Lui avait donné a muser.
Quant a son hostel fu venus,
Ensy fist que apercheüx
435 Ne se fust de luy nullement,
Et ly jones homs seullement
S'ala en sa chambre enfermer,
Entour lui ala regarder
Sen habit qu'il avoit vestu
440 Croté et plenté descousu ;
Lors s'assist, sy le recousy,
Cauches et capperon aussi ;
Ses manches couchy et[1] lacha,
Et se grande hure pigna
445 Tres bien, et, aprez le pignier,
Se fist sur le pigne rugnier.
Ses ongles ala recopper
Et rere, s'en furent plus cler ;
Sollerz prinst estrois et nouveaux,
450 S'en fu plus faitis et plus beaux,
Et quant en son estant estoit,
Sy fierement se restendoit
Que le corps il avoit plus grant
Plainne pasme que par devant,
Ensy qu'en regardant sambla.
Quant ly peres, qui moult l'ama,
En cel estat le vit par voye,
Merveilles en eult et grant joye,

---

1. Ms : et il, il barré dans le ms.

Dont, pour faindre et couvrir sen ris,
Portoit se main devant sen vis [1],
Et ly fieux moult le poursieuvoit,
Et moult souvent lui demandoit,
Car du savoir le tenoit court,
Quant il yroit devers le court,
465   Mais ly preudons de boin affaire
Ly respondoit : « Qu'as tu a faire
Beaux amis, de men retourner ?
Mes choses me fault ordonner
Ceens, pour employer me voye. »
470   — : « Sire, pour grant bien le disoye »,
Dist cieux, « pour Dieu ne vous anuit !
De matin ou encoire anuit
Vous y porez vous bien retraire.
On poeut moult de chose[s] parfaire
475   Ens es [2] nuis de ceste saison ;
Il me samble, et sy le voit on,
Ma dame ayme vostre venue,
Et quant elle est a chou meüe,
Vous n'y devez mettre detry. »
480   — : « J'ay merveilles », dist il, « de ty.
Onques mais ne te vy mesler
De men venir ne men aler [3],
Se ne t'en deüst [il] caloir,
Quant pas ne seras au mouvoir,
485   Car se j'ay voeul [d'] aler demain,
Je voray mouvoir sy tres main
Que. III. lieues devant le jour,
Et tu n'as mie grant amour
A lever sy tempre, beaux fieux. »
490   Et il respondy : « Il vault mieux
Que je vous y serve et compagne
Que vous y menez ung estragne.

F. 156, V°, c. 1

1. Ms : *ris.*
2. *el nuis.*
3. *ne de men aler.*

Moult bien a point me leveray. »
— : « Or y parra, je le verray »,
495 Dist ly peres, « je ne t'en doubt. »
Aprez ces mos s'efforche moult
Ly jouvenciaux de regarder
S'as quevaux avoit que ferer,
Se riens faloit aux estrivieres,
500 As chaingles, poitraux et culieres
Et s'il avoit en se malette
A mettre chose ne chosette,
Queverciefs[1], pingne ne miroir,
Draps communs, ne surcot, paroir,
505 Cauches, sollerz trenchiez ne plain.
Pas n'atendi[2] a l'endemain,

Tierche sonnant, a lui lever,
Ne il n'ala mie rever
Aprez soupper, sy qu'il soloit,
510 Ains se coucha a l'eure droit
Que ses peres fu endormis.
Sy tost qu'en son lit se fu mis,
Se prinst a melancolier,
A retourner et a songier
515 Par moult de fois que jours estoit,
Et que les coqs[3] chanter ooit,
Sy que moult pou y reposa.
Devant le jour se descoucha,
Sans homme ne femme huquier,
520 Ses chevaux ala estrillier,
Mettre les selles et les frains
As archons, ce fu la deu mains,
Par devers son pere en ala,
Le fu en se chambre aluma,
525 Et puis se l'ala esvillier,
Ou seïr se deult et cauchier

---

1. Ms : *Que nerciefs* en deux mots.
2. *natend*.
3. *cops*.

Ly estendre du blancq estrain,
Et ly peres leva se main
Dont plenté de fois se saina,
530   Et moult souvent s'esmervilla.
Quant il le vist en celle voye,
Conment qu'au cœur en euïst joye,
Il lui dist assez ruidement
Et en riant couvertement :
535   « Nous noz couquasmes maintenant :
Qui te fait ore sy engrant
D'ensy lever par sy fait temps ?
Pas sy prez n'est, [a] mes samblans,
Du jour qu'il est de mienuit[1] »,
540   Fait il. — : « Ains que vous ayez fait
Et que cheval soient hors trait,
Sera le nuit prez de le fin.
Il [n]' est[2] exploit que du matin,
Au mains es jours de maintenant
545   Qui sont court et mal cheminant,
Et les nuis sont longues assez. »
Quant ly chevallierz fu housez,
Son pal [e] froy lui amena,
Plus de . V. lieuës chevaucha
550   Ains qu'on veïst l'aubbe crever ;
A le court vint devant disner,
Au point de messe conmenchier.
Son sourcot ala despouillier
Sy tost que messe fu fenye,
555   Se mist en le paneterye
Pour une nappe demander,
Pour trenchoirs faire et pain porter
Et pour faire clerz ses couteaux,
Ce sembloit ungs homs tous nouveaux

F. 157, R'. c. 1

---

1. Ms : *minuit* ; vers sans rime.
2. *Il est.*

560   A chascun qui le regardoit,
Qui de son bien grant joye avoit,
Et la dame nommeement
Qui li[1] retret soubtivement
Ses yeux, pour lui mieux embraser.
565   Plenté de gens ot au disner
Ou moult de bien pooit aprendre.
Il ala la touelle prendre
Sy tost que la dame lava ;
La dame moult luy devea
570   Et lui fist pluseurs fois hoster,
Pluseurs fois l'oÿ souppirer,
Rougir[2] le vit et tressallir,
Trembler et suer et fremir,
Si qu'il n'osoit lever les yeux.
Plus estoit doubtee que Dieux
Ne fust de lui au temps present.
575   La dame s'assist erramment
Et chascuns[3] selon son estat
Sans faire detry ne debat,
Et comment qu'a luy moult pensast
Et desous main la regardast,
580   N'avoit il pas le cœur sy niche
Qu'il ne regardast le serviche,
Com faitement on le faisoit,
Et par quel guisse on desmembroit
Chifvé, faisant, auve ou oyson,
585   Grue, butor, pertris, pigon ;
Conment ly escuier courtois
D'un coutel, de deux ou de trois,
Trenchoient gracieusement ;
Lesquelz poissons communement
590   On devoit as dois despechier
A table[4], ou as couteaux trenchier,

F. 157, R°, c. 2

---

1. Ms : *le*.
2. *Rugir*.
3. *chascune*.
4. *as tables*.

De douche yaue ou de mer sallee ;
Comment on le[s] [1] poeut de gellee
Et hors de galentine hoster,
595   Sans ses dois honnir ne qubrer [2] :
Comment le boin morsel queroient
En pluseurs més dont ilz trenchoient
Sy tenve et sy menuement
Que pau s'y grevoient ly dent
600   A l'avaler et au masquier,
Et, sans le viande atouchier,
Le metoient, au dire voir,
Par les couteaux sur le trenchoir.
Et quant la dame ot perch[ë]u
605   Que sy engrans de servir fu,
Sy le conmanda a vestir,
Et sy le fist aler seïr
Entre celles que plus ot chieres.
Les deux damoiselles premieres
610   Qui en quief de table seoient,
Quy bien enfourme[e]s estoient
De le tres bonne entencion
Que la dame, ou moult ot raison,
Avoit par devers l'escuier,
615   Pour l'amour de son chevalier,
Sy le rechurent liement,
Et il se porta sagement
En tous les cas a ce disner,
Sans cromboiier [3] ne aqueuster.
620   Car Amours qui le mesuroit
Cremir et doubter le faisoit
Que la dame en lui ne veïst
Chose dont elle le haïst ;
S'estoit moult de regarder prés [4],
625   Quant on servoit de double més,

F. 157, V°, c. 1

1. Ms : *le*.
2. Le *q* a été anciennement corrigé en un *c*.
3. *cromsoiier*.
4. *prest*.

Lesquelz on mengoit par devant,
Et aprez ce point ensievant
Quelle sausse y appartenoit,
Quant par devant lui en[1] venoit
630 Deux ou trois [de] pluseurs couleurs.
La dame, en qui manoit honneurs,
Se viande lui envoya,
Si le departy et donna
Entour luy moult courtoisement.
635 Aprez laver, isnellement
La dame fist donner le vin
Et les espices ; en la fin
S'assirent en le chambre entour.
La dame qui[2] savoit maint tour
640 Pour ung jone homme enamourer
Les fist entour luy assembler
Pour juer a Roi[3] qui ne ment,
Ung jeu qu'on appelle autrement
Par ung second langage enneux.
645 De ce jeu sage et amoureux
La riche dame fu roÿne[4],
Sy vault savoir tout leur couvine,
Car tous[5] les fist a tour venir
Et leurs secrez d'amours jehir.
650 Quant a chascun ot demandé
Et dit eurent leur volenté,
Chascuns aussi lui demanda.
Une dame qui estoit la,
Qu'elle tenoit de son mainage,
655 Ly dist : « Dame, faites me sage
Pourquoy c'est que ly escuier
Ne s'osent pas sy cointoier

1. Ms : *on.*
2. *quil.*
3. *jeu qui ne ment.*
4. Ms. : *La riche dame royne fu royne;* la première *royne* a été barrée.
5. *tout.*

De droit que ly chevalier font,
Et le cause pourquoy il sont
660 Mis ariere et plus bas assis,
Ja soit il que de moult hault pris
Soient aucun en leur estat. »
— La dame n'y mist pas debat,
Ains dist : « Je vous responderay
665 Tout chou que j'en espoire et say.
Il sont bas et ariere mis,
Et trop plus l'estoient jadis,
Pour eux donner plus grant desir
De tost chevalier devenir,
670 Par quoy peresche et avarices,
Convoitise ne autres vices
Ne leur fache pas ressongnier
Ne de hault estat esloingier,
Mais desirer sans nul contraire
675 L'onneur qu'as autres voient faire,
Qui n'est, ce [1] est chose sene[c]
De droit as escuiers donne[e] :
Et pour che tieng je l'ome a sage,
Qui terre a et corps et aage,
680 Qui tempre chevalier devient,
Pour ce qu'a plus grant bien advient
Que ly escuier[s] ne feroit,
Car s'uns poingnis d'armes estoit,
Ou d'escuierz euïst ung cent,
685 Et ung chevalier seulement,
Se chilz leur voloit voye eslire
Pour leur anemy desconfire,
Ly chevaliers, chose est pruvee,
Avroit [2] l'onneur de la journee,
690 Comment qu'il y feïst [3] le mains,
Et se ly fais estoit villains,

F. 158, R°, c. 1

1. Ms : *cest*.
2. *Averoit*.
3. *y fist*.

A lui sera la villonnie.
Ceste matere est forgie
Et dicte pour lui alequier
695   A [1] haultes honneurs convoitier. »
A ces mos sen compte fina,
Le vin de congiet demanda

F. 158, R°, c. 2

Pour faire les gens departir
Qui se ralerent rasseïr
700   Parmy la salle qui mieux mieux,
Afin de juer d'aucuns jeux,
As dez, as tables et eschéz [2].
Ly escuiers se traioit préz
Pour aprendre le cours de trais
705   Ou onques mais ne s'estoit trais,
Car bien perchut, s'il n'estoit duis
De savoir de pluseurs deduis
Des chiens et [des] oisaux aussi,
Que d'avoir sy hault[e] merchy
710   De celle a lequelle il tendoit,
Que jamais venir n'y poroit.
La demoura des jours tout plain,
Ens esquelz ne prinst pas en vain
Les biens qu'il pot vir et oÿr.
715   Quant ly peres se vault partir,
Sa dame congiet demanda,
Et elle au partir lui donna
Ung moult gracieux diamant,
Et puis lui dist en souriant
720   : « Jehan, piecha oÿ dire hay
Que, quant on donne de coeur vray
Ung dyamant sy purement
Que ly donneres n'y entent
Salaire ne [3] nul guer[re]don,
725   Et chieux aussi qui prent le don

1. Ms : *As haultes*.
2. *et as eschez*.
3. *de nul guerdon*.

Ne l'a convoitiet tant ne quant,
Ne en rien seü[1] par devant,
Qu'a cellui qui le prent et porte
Grant bien et grant eür aport[e][2].
730   Or doinst Dieux qu'ainsi nous en soit !   F. 158. V°. c. 1
Sachiez que mes corps le veroit,
Pensez du bien faire, beau sire. »
Cilz dist : « Dame, Dieu le vous mire !
Pour vostre honneur m'en puieray[3] ?
735   S'il plaist a Dieu, je ne feray
Chose qui vous doye desplaire,
Car je ne sairoie que faire
Au retraire n'au[4] retourner,
Se vous poiez en my trouver
740   Chose dont je fusse repris. »
De l'ostel se party envis,
Mais departir l'en convenoit
Puisque ly peres s'en partoit.
Par les chemins et par les camps
745   Estoit [si] liez, gais et contens,
Et sy s'estendoit en l'estrier
Que le cuir faisoit eslongier ;
Souvent regardoit son anel,
Et moult tenoit le don a bel,
750   De fois a autre le baisoit
Et a son coute il assaioit,
Qui moult estoit de dur affaire,
S'il y poroit le trache faire,
Ainsi que ly dyamant font
755   Par [de]dens le fer, quant vray sont.

1. Ms : *Nen rien seult*.
2. *aport*, l'e final coupé par le relieur.
3. **Ms** : *puiuray*. — La correction *puieray* est la plus simple ; mais peut-être y avait-il dans l'original *seruiray* ; le scribe a pu se tromper et transcrire par un *p* l'abréviation de *ser*, ou, plus simplement encore mal lire dans l'original le mot *pareray*, comparer le vers 1.255.
4. *ne au*.

Quant a l'ostel furent venu,
Les premierz trois jours qu'il y fu,
Peu dormy et petit menga
Et a son pere demanda
760   Quant a la court se retrairoit
Et il lui dist qu'avant yroit[1].
De cel yver ung mois passa,
Et a son pourfit laboura
Et en sa terre autre maniere.
765   Ly escuierz a mathe chiere
Lui dist : « Puisque tant demourez,
Bon est que vous vous excusez.
S'il vous plaist, vers ma dame yray
Et moult bien vous escuseray,
770   De maladie ou d'autre ensonne[2]. »
Et il luy dist : « Autre personne
N'y ay jou cure d'envoyer. »
— Lors fainst qu'il avoit grant mestier
D'envoyer y [moult] prestement[3],
775   Sy escrisy honnestement
De son fil tout le convenant,
Et dist a .i. garchon esrant
Qu'il lui allast le selle mettre,
Et ly escuier[s] sans demettre
780   Monta et chevaucha sy fort[4]
Qu'il fist a son cheval grant tort,
Car il ne penssoit nullement
Fors a la dame seulement.
Par devant lui s'agenouilla
785   Et les lectres lui delivra,
En excusant le sien seigneur.
Quant la dame vit la teneur

---

1. Ms : yroy.
2. ensoine.
3. d'envoyer y prestement.
4. et sy chevaucha sy fort.

De la lectre, sy en sourist.
Et admiablement lui dist
790 : « Jehan, bien soyez vous trouvez !
Or me dites se vous amez
En lieu ou vous ne l'osez dire ;
Trop plus magres estes, beau sire,
Que n'estiez quant premierz vous vy. »
795 — : « A ! tres douche dame, merchy.
Puisque vous le me demandez,
Mon corage du[1] tout savez
Duquel je me tieng a peu sage,
A quel pourfit n'a quel dommage
800 Que convertir puist ma folie.
Ly grans biens et ly courtoisie
Qui en vous est m'a sy ataint
Que riens en mon coer ne remaint
A quoy je puisse rien clamer ;
805 Ains poez sur tout commander,
Dont il m'esteut, c'est veritez,
Estre de vous mors ou amez ;
Et se bien ne le vous say dire,
Ne voeulliez que ma cause empire,
810 Pas ne suy bien enlangagiez. »
— La dame dist : « Se vous saviez
Autrement que sout Salemons[2],
Se n'est ce pas m'entencions
Que m'amour vous doye octroyer
815 Tant que je vous sache escuier,
Car contre mon estat feroye ;
Et ne cuidiez pas qu'il m'anoye
Se mettre volez vostre cure
En my sur toute creature :
820 Ja mal gré ne vous en saray,
Ne en men coeur ne vous harray ;

F. 159, R°, c. 1

1. Ms : de.
2. Salmons.

Mais m'amisté pas nen arez [1]
Comme escuier, n'y entendez,
Mais bien arez de mes juiaux

825   Et de mes samblans bons et beaux ;
Ce doit bien escuier souffire. »
— Ly escuier[s] ne seult que dire,

F. 159, R°, c. 2   Sans plus respondre se party.
Elle le vit moult abauby,

830   Se le fist briefment rappeller
Et lui dist que sans desjuner
Nulz en yver partir ne doit ;
A ce respondy qu'il n'avoit
Tallent de mengier ne de boire.

835   Elle tint le responce a voirre
Dont jamais plus ne l'enparlast,
Ains lui dist qu'i ly saluast
Son boin pere et qu'il lui dist
Que tost deverz lui revenist,

840   Et, pour mieux s'entencion mettre
Luy delivra deus mos de lettre,
Et il dist [2] que bien le feroit.
Par devant chou moult desiroit
Que cause eüst de demourer,

845   Ore s'en desiroit raller
Pour voye trouver et querir
De ses chevallers devenir.
Moult estoit tristres et pensans ;
Ses garchons estoit moult engrans

850   D'enquerre quel chose il avoit,
Quant au venir sy hault cantoit
Et ore estoit tristre et muz [3],
Mais il ne redoubtoit nient plus
Que s'il euïst [4] onques parlé.

855   Quant son cheval ot establé,

1. Ms : narez.
2. il lui dist.
3. muez
4. neuïst.

La lettre a son pere bailla
Qui a lire riens n'y trouva
Fors le convenant seullement
De sa dame et le parlement
860 Qu'il avoient ensamble fait.
De sa grace et de sen bienfait
L'en merchia ly chevalierz
En son coeur, et li escuier[s] [1]
Ly dist : « Sire, je vous diroye
865 Volentiers, se je ne cuidoye
Que vous ne deüssiez tourbler
Chou que jou ay en mon penser.
Par Jhesucrist le hault celestre,
Jou ay bien sy grant desir d'estre
870 Chevalliers, s'estre le pooie
Par vo gré, que riens ne vauroye
Par mains en ce lieu souhaidier.
Riens nulle plus ne vous requier,
Mais que vous me voelliez monter,
875 Gaires plus ne vous quier couster.
J'ay espoir que Dieux m'aidera. »
— Ly peres moult s'esmervuilla
Quant de ce le vit entremettre,
Fors tant qu'il trouva en le lettre
880 Que la dame fist ses reffus
A title d'escuier sans plus ;
Sy pensa que de ce venoit
Ly nouveaux desirs qu'il avoit,
Pourquoy il respondy : « Beaux fieux,
885 Estre chevalliers n'est pas gieux
D'enffant ; garde que tu emprens.
Tu es niches et negligens,
Sy vaut [2] mieux en escu[e]rie
Faire niceté ou folie

F. 159, V°, c. 1

1. Ms : *le escuier*.
2. *vaus*.

890   Qu'en chevalerie, c'est cler,
       Car on le poeut trop mieux celer.
       Bien say que tu as corps assez,
       Mais sens et bonne volente[z]
       Fait moult a telle œuvre assentir,
895   Sy que mieux te loe a souffrir

       Que toy embarche en tel peril. »
       — : « Ne vous doubtez, sire, », dist il,
       « Car se Dieu plaist, tant en feray
       Que ja nul blasme[1] n'y havray,
900   Ne vous, ne tout no autre amy. »
       — : « Je le voroye bien ensy, »
       Dist il, « or doinst Dieux qu'ainsi soit.
       Certes mes coeurs pas ne voroit
       Que nulz seur my puist cuidier
905   Que, pour men avoir espargnier,
       Je detriaisse[2] ten pourfit.
       Je voeul que tu saches de fit
       Que bien et fort te monteray
       Jusqu'a tant que de toy orray
910   Chose qui mestourne a moy[3],
       Mais d'une riens te loe et proy
       Que, se tu viens en aucun estre
       A le fin de chevalliers estre,
       Et tes coeurs n'es[t][4] trestous auteux,
915   Qu'oire en droit ne soies honteux,
       Mais renporte[s] hardiĕment
       A l'ostel ton estoirement,
       Car nul mal [gré][5] ne t'en diray
       Ne nul mal gré ne t'en saray.
920   Mieux vault folie conmenchie
       Que celle qui est parsievye. »

---

1. Ms : *nul homme blasme* : *homme* barré par le copiste.
2. *Je te detriaisse.*
3. *me tourne*, en deux mots.
4. *nes.*
5. *gré* manque au ms.

  — Chieux respondy, se Dieu plaisoit,
  Que ja de ce mestier n'avoit.
  Il monta moult ynellement,
925 S'enmena tout l'estoirement
  Tel qu'il affiert a bacheler ;
  Par les voyes fist demander
  As heraux et as menestreux,
  Et as hostes par les hosteux,
930 Ou ly tournoy[s] estoit criez :
  Les chevaux trouva avoyez,
  Et bachelierz et escuierz,
  Garchons d'armes et armuriez
  Qui estoient moult curieux
935 D'eux haster pour estre as hosteux
  A Sissongne et a Montagu.
  A ce tournoy chevalier fu
  Sy bien faisant qu'il passa[1] route,
  Et, par le gré de la gent toute,
940 Au second, au tierch et au quart :
  Il ne s'embatoit nulle part
  Qu'il ne fust ungs des mieux faisans.
  En fin de saison, au printemps,
  Se traist ou on aloit jouster,
945 Et faisoit des festes crier
  Desquelles le plus sourjoustoit,
  Ou sy vassaument s'y portoit
  Qu'il en estoit boine nouvelle.
  Le saison ly fu bonne et belle
950 Ou en l'esté dont je vous dy
  En plusieurs poingnis s'embaty
  D'armes, s'en vainqui ung ou deux ;
  Tel a le renon d'estre preux
  Qui n'en fait pas tant en se vie
955 Que il fist, par le Dieu aÿe,
  Entre le Toussaint et le May ;
  Ne ses coeurs n'estoit en esmay

F. 160, R°, c. 1

---

1. Ms : Au-dessus de *faisoit* barré, le copiste a écrit *passa*.

Pour riens que ly corps empreïst.
A la dame que tel le fist

960   Avoit tout adès sa pensee,
Sy s'apenssa une journee
Que deverz lui se retrairoit.
Ensy le fist qu'i le penssoit,
Et lorsqu'a l'ostel fu venus,

965   Fu courtoisement receüs
De la dame premierement

Qui ly dist amiablement
Que elle avoit, je vous affy,
De lui bonne nouvelle[1] oÿ,

970   Dont elle estoit joians et lye.
Ly chevalierz n'oublia mie
Chou qu'elle ot dit au departir,
Se dist : « Dame, pour acomplir
En my vo bone volenté,

975   Suy chevalierz et ay esté
Afin de vostre amour avoir.
Voelliez a merchy recevoir
Vostre chevallier, chiere dame,
Ou je ne poroye, par m'ame,

980   En tel point durer longuement. »
La dame dist : « Se Dieux m'ament,
Boin marchiet [de] dame averiez,
S'en sy pau de saison aviez
L'amour de telle dame acquis.

985   Alez ung an par le pays
Et puis, s'il vous plaist, revenés ;
S'aucune chose requerés,
Je croy que je responderay
Sy que ja blasme n'y aray,

990   Mais plus n'en feray orendroit. »

Il vit que par forche ne droit

---

1. Ms : *bonnes nouvelles.*

N'en poroit il a chief venir,
Sy s'en ala bien departir.
Tout cel an les armes hanta
995 Et de bien en mieux proufita.
Moult despendoit et moult donnoit
Et trouvoit qui lui delivroit
De ses frais sy soutieuement
Que il n'en pooit proprement
1.000 Jugier que par adeviner
Qui ensy l'en fist delivrer
Des honneurs que il ne savoit ;
As menestreux en demandoit
Et as heraux secretement   F. 160, V°, c. 1
1.005 Et le deservoit largement
Selon l'estat qu'il enquerqua.
Devers la dame retorna
Droit en le fin de ceste annee,
Et conme personne appressee
1.010 Ly fist son pry comme devant,
Et la dame qui savoit tant
De bien que nulz plus ne savoit
Ly respondy en tel endroit
Com dessus, par mos dessamblables,
1.015 Et dist que moult est pourfitables
A pluseurs amans ly detris ;
Ly chevaliers [1] n'est pas mendis
Qui se sent riche d'esperanche,
Et bien avient qui plus s'avanche,
1.020 En poursievant ce qu'il desire.
Or quant la [2] dame ly vint dire
Le secré de s'entencion,
: « En desir n'a point de raison,
Sy fault [il] qu'il soit gouvernez
1.025 Par sens qui est plus atemprez ;

1. Ms : *Le chevalier.*
2. *sa dame.*

Pour tant vous lo le consirer,
Et se vous voeul pour bien loer
Qu'encoire une annee servez,
Bien say que pourfit y arez,
1.030 Car envis vous de lo[e]roie [1]
Vo pourfit, se je le savoie,
Orendroit ne vous quier plus dire. »
— Cieus dist : « Dame, Dieu le vous mire !
Vous dites bien, sy m'aÿt Dieux,
1.035 Mais je prenderoye bien mieux. »
— A son congiet se departy,
Ce second an sy bien servy,
Et en sy pau de temps fu fais
Qu'il en ot robes et bienfais,
F. 160, V°, c. 2   1.040 Et en cel an fu retenus
De tant de rois, contes et dus,
Qu'on ly fist son estat cangier
Et ung compagnon enquerquier.
Enfin a la dame revint,
1.045 Et le premiere voye tint
De supplier tant humblement,
Et elle luy dist sagement
: « S'il vous plaist, me responce arez,
Mais ce n'est pas me volentez,
1.050 Au moins devant le tierche annee,
Et a ce suy avolentee
Que plus ne vous alongeray,
Mais finaument responderay.
Adonc, sans faire nul detry,
1.055 Avisez vous sur ce cas cy,
Lequel amez mieux a avoir
Ou responce sans mon voloir,
Ou le jour d'un an par mon gré
Je feray vostre volenté ? »

---

1. Ms : *deloroie.*

1 060   — : « Dame », dist il, « quoi qu'il me griefve,
           J'amaisse mieux responce briefve,
           Se courouchier ne vous cuidaisse,
           Et mon pourfit n'y esperaisse.
           Je m'en vois sans plus arester,
1.065   Dame, pour plus tost retourner ;
           Je voroye que ce fust ja. »
           — Son tierch an si bien employa
           De cha et par dela la mer
           Qu'en tres grant bien en fist parler,
1.070   Et, quant il ot parfait son tour,
           Vers sa dame fit son retour,
           En renouvelant sa priere.
           La dame qui avoit maniere
           Douche et courtoise et aceptable
1.075   L'assist par dessus luy a table,   F. 16r, R°, c. 1
           Et ly monstra plus d'amisté
           Qu'onques n'ot fait ou temps passé,
           Et quant ce vint après disner,
           En sa chambre l'ala mener
1.080   Ou grant bien recevoir cuida ;
           Entre ses femmes appella
           Cellui que elle avoit plus chier[e].
           Sur une cote riche et quiere
           S'aqueusterent entre eux deux,
1.085   Et la pucelle assés loins d'eux
           S'alla sagement asseïr,
           Car pas ne les voloit oÿr.
           La dame dist : « Or m'entendez,
           Messire Jehan, vous querez
1.090   Ce que vous [ne] vauriez trouver,
           L'escondir' et le refuser,
           Beau[x] sire[s], de l'amour de moy.
           Je m'esmerveille, par me foy,
           Qui a ce vous moeut et amaine ;
1.095   Je ne sui mie souveraine

De moy, ne clamer n'y puis rien,
Puisque mes corps et tout my bien
Sont a Dieu et a mon seignour,
Sy que vous n'arez[1] pas m'amour

1.100 Quand de m'amour me requerez.
Bien souvenanche avoir devez,
Beaux sires, en quel point je vous pris,
Quand premierz en vous le mien mis,
Et quel chose conquis avez

1.105 Pour men conseil que tant valez
Que vous avez peu de paraux.
Or seroit blasme[s] et grans[2] maux
Se tant amendé vous avoye
Et pour vo bien tant empiroye

1.110 Que je fusse traïteresse

F. 161, R°, c. 2

Vers mon seignour et laronnesse,
Folle pruvee et foymentye.
Vous me requerez de folie
Laquelle ja jour ne feray :

1.115 Dieu a seignour et mary ay
Mieudre et plus bel que nul n'en voie;
Ne jamais ne m'acorderoie
Que vous avez pour nient servy
Se chevalierz estes pour my.

1.120 Bien et honneur vous en demeure :

. . . .

Qui fet son preu et soi avence[3]

. . . .

Il me[4] samble que gaigne assez,
Sy que plus ne m'en requerez,
Mais gouvernez vous sagement

1.125 D'ore en avant a vo talent,

1. Ms : avez.
2. grant.
3. Ms : Qui fu son preu et souvence. — Si on corrige soi avence, il faut admettre une lacune de plusieurs vers; la correction facile : soi oncure rimant avec demeure s'écarte trop du ms.
4. ne.

Et tous fis[1] et certains soiez
Que s'autant qu'ore[2] vaulsissiez
Quant premierz venistes ceens,
Je n'en eüsse ouvert les dens
1.130 A vous faire tel courtoisie,
Mais bien le tieng a employe
Quand j'ay fait d'un niche turbiert
Ung bacheler rade et appert,
Et bon chevalier a tout faire;
1.135 Je seroie trop debonnaire
Se pour aultruy me honnissoie ».
— Quant il le vit en telle voye,
Sy fu trestous desesperez,
Sy honteux et sy boniez (*sic*)
1.140 Que riens nulle ne respondy;
Sans parler d'illoec se party,
Fors que tant [par] devant le gent
Se couvry gracieusement
Et au departir s'enclina.
1 145 En l'estable vint, sy monta
Entre lui et son escuier,
Et sy fort prinst a chevauch[i]er,   F. 161, V°, c. 1
Sans vers son pere retourner,
Qu'il se trouva prez de la mer,
1.150 En une forest moult obscure.
Ly bachelerz qui n'avoit cure
Fors de luy perdre et estrangier
S'embla[3] en ung gaste sentier
Que ses escuierz n'en seult mot.
1.155 Ly escuierz au mieux qu'il pot
L'ala partout querre et trachier,
Huer, appeller et huchier,
Et, quant vit que point n'en trouva,
Tristres de coeur s'en repaira,

1. Ms : *fuis*.
2. *que ore*.
3. *sempla*.

1.160 Fors que tant bien [il] esperoit
     Qu'a enssient laissié l'avoit;
     S'en¹ declara s'entencion
     A son pere et a se maison,
     Et ly bachelerz demoura
1.165 Ou bois, se robe desquira,
     Sy l'ala en le mer gecter
     Ou lieu ou peut mieux effondrer,
     Et tout son aroy bon et bel ;
     Onques n'en retint fors l'anel
1.170 Que la dame ly ot donné :
     Son cheval trestout dessellé
     Encacha sans bride et sans frein
     En le forest, ou lieu plus plain ;
     Onques en deux jours ne menga
1.175 [Et] de courouch sy s'affama
     Que sens et raison en perdy,
     Et quant le famine senty,
     Nature, qui est moult soutieue
     De querre en tous estas ayeue,
1.180 Ly fist assaier les prounelles,
     Melles, grans, pommes et cenelles,
     Castagnes, nois, poires sauvages,
     Et semenche de moult d'erbage[s],
     En ce point . VII . ans y vesquy.

F. 16r, Vᵒ, c. 2 1 185 En ung viez arbre crueux poury,
     Pour le pleuve, fuioit le cours,
     Par tout estoit velus qu'uns hours,
     Sy que ses grans peulz li² couvroit
     Son dyamant que moult amoit,
1.190 Qui puis ly fist bien et honnour.
     La dame perdy son seignour
     Qui moult fut plains et doulousez ;
     Droit en l'an qu'il fu trespassez,

---

1. Ms : *scm.*
2. *le.*

Emprist ung grant pelerinage,
1.195   Fort et peineu et loncq voiage,
Pour son boin seignour et mary,
Mais au retourner se mary
Et fourvoya ens ou lieu droit
Ou li bacheliers habitoit.
1.200   Près de l'arbre crousé passerent,
Sy oïrent[1] et escouterent
Que de moult clere vois cantoit
Ung lay que jadis fait avoit
Ou temps de sa chevalerie
1 205   Et pour sa dame, non amie,
Qui l'avoit ja mis en oubly.
: « Oyez », dist elle, « j'ay oÿ
Ung quant que j'ay jadis scü ;
Or alez savoir que ce fu
1.210   Qui ore en droit ensy canta,
Et demandez s'il vous sara
Le plus droit chemin ensengnier. »
Adonc sallirent escuier
Et chevallier ynellement
1.215   Afin d'acomplir son talent.
Tant le quisrent qu'il le trouverent,
De lui prendre moult s'espruverent,
Mais n'en pooient a chief venir,
Car a deux mains ala saisir
1.220   Une branche que il[2] rompy,
Et d'ung gros arbre se couvry,
Quant mis se fu en son estant,
Dont il orent merveille grant,   F. 162, R°, c. 1
Car peurous devant le tenoient,
1.225   Mais depuis ce fait varioyent[3] :
Quant le virent en son estage,
Homme l'appellerent sauvage

1. Ms : *orent.*
2. *quil.*
3. *vauroyent.*

Et n'en savoient que jugier.
Et quant tant les vit detrier

1.230 La dame, [et] elle oÿ le son
De la forest et leur tenchon,
Se fist sen car vers eux tourner.
Sy tost qu'i[l] le peult adviser,
Bien le congnut et advisa.

1.235 Et contre luy s'agenouilla,
Mais la dame nel congnu mie[1].
La dame dist : « Puisqu'il me prie
Mercy, il doit merchy avoir.
Destournez vous, car j'ay espoir

1.240 Que se seulle avec luy estoie,
Telle chose de lui trairoie
Que ne feroye a compaignie. »
— Adont s'est sa gent departie,
Et la dame le conjura

1.245 De tout le pooir que Dieux a
Que il ly die s'il est homs,
Ou s'autre est se condicions,
Et il respondy humblement
: « Homs sui je, dame, vraiement. »

1.250 Le poil de ses dois[2] descombra
Et le diamant ly monstra,
Se dist : « Je suy voz chevalierz
Et vostres meschans sodoie[r]z,
Que affin d'estre amez amoye,

1.255 Mais de vos joyaux me paroye.
Hé ! las, je n'avoye tallent
De donner mon coeur pour argent.
Dame, en ordure me presistes
Et en vilté me remesistes ;

F. 162, R°. c. 2 1.260 Vous m'avez fait et puis deffait,
Pas ne vauroye par souhait

1. Ms : *ne le congnu point.*
2. *dois ly descombra.*

Que il fust de my autrement,
Autrement non [1], se Dieu[x] m'ament. »
— : « Dont estes vous desesperez? »

1.265 — : « Ce suy mon, vëoir le poez.
Dame, se desperez n'estoye,
Ainsi pas ne me maintenroye ;
Je loch que vous de cy partez
Et que vo droit chemin tenez :

1.270 Ce n'est pas a vous chose honneste
D'arester tant a une beste,
Vostre gent vous em blasmeroient,
Et de mi se perchev[er]oient [2]. »
La dame eult tristesse et grant joye,

1.275 Et de pitié a peu larmoye,
Joye de ce qu'elle ot trouvé,
Tristesse de la grant vilté
En quoy elle le perchevoit :
De sa main contre luy couvroit

1.280 Se honteuse et povre nature.
Elle luy dist : « Par celle ordure
Poez perdre le corps et l'ame. »
— : « Ce sai je bien, » dist il, « ma dame,
Mais riens n'y vault ly pre[e]schierz,

1.285 Souffrez vous, il en est mestierz.
Puisque vous perch [3], tout perdre voeul. »
— : « Boine est l'ordure qu'on perdre [4] poeut [5] »,
Dist elle ; « je vous ayderoye
Moult volentiers, se je pooie,

1.290 Sauve m'onour [6], autrement non [7]. »
— : « Onques n'euch autre entencion »,

1. Ms : *nom*.
2. *perchevoient*.
3. *je vous perch*.
4. *on poeut perdre*.
5. *Vers trop long*.
6. *mamour*.
7. *nom*.

Dist il. — : « Sy eustes ! » — : « Non avoye. »
— : « Sy aviez, bien le monstreroye,
Se je le vous osoie dire,
Mais nulz ne doit l'afflit afflire[1].
Vous estes assez apressez,
De plus de grief mestier n'avez,
Se ne vous en diray qu'ung[2] peu.
Comment feroit[3] honneur ne preu
Telle dame que jou estoie
A amer tel que vous savoye ?
Mes sires estoit ly plus grans,
Ly plus beaus et ly plus poissans
Du païs ains qu'il me presist,
Sy que moult grant honneur me fist
Ungs homs tous fais de grant affaire
Quant jone femme[4] toute a faire
Vault a son bien acompaignier,
Et se vault[5] faire parchonnier
A me folle et nice ygnorance,
Et my a se tresgrant vaullance.
Et vous savez, qui femme prent
Avoir le doit entierement,
Et ly hons qui par amour aime
Toute le voeut, toute le claime,
Sy tost qu'a lui est octroÿe.
Celle chose ne se fait mie
D'une femme tant seulement
A deux hommes en ung moment,
Et pour che vous escondissoye.
Encoire moult m'eslarguissoye
Quant je vous voloy[e] donner
Du sien et sans lui appeller,

F. 162, V°, c. 1 _(marginal note, line 299)_

I.295
I.300
I.305
I.310
I.315
I.320

---

1. Ms : _lafflire_.
2. _que ung_.
3. _seroit_.
4. _quant jone home tout affaire_.
5. _veult_.

Mais mes sires fu sy vaillans,
1.325 Avec che qu'il n'ot nulz enflans,
Qu'anour[1] amoit mieux que denierz,
Sy qu'il mesist[2] moult volentierz
Du sien, tout de fi[3] le savoie,
Pour mettre ung homme en bonne voye
1.33o De monter et de mieux valoir,
(Car en[4] poeut espissier avoir,
Mais vilains homs n'a point de pris).
Pour ce m'enfiay et empris,   F. 162, V°, c. 2
Sy que droit m'en a excusee.
1.335 Or ay une voye trouvee,
Se m'onnour garder y volez,
Car mes sires est trespassez,
Sy sui mieux que devant loÿe,
Non pour quant raison me castie,
1.34o Qui m'apprent m'onnour a garder.
En ung lieu vous feray mener
Par tel qui bien le celera
Et qui vous amenistera
Tout ce qui vous sera mestierz,
1 345 Robes [et] chevaux et denierz,
Et compaignie assez arez.
As[5] gens a entendre ferez
Que vous venez de mainte terre
Honneur, los[6] et besongnes querre,
1.35o Et sur che enquerquiez banniere.
De plus ne me[7] faites priere,
Car je le terroie a meffait.
Mais s'aucun m'assallent de plait,

1. Ms : *amour*.
2. *me sist*.
3. *de fit*.
4. *Car on*.
5. *A*.
6. *et los besongnes*.
7. *ne ne*.

Chevauchiez soirs et matinees,
1.355   Avec mes gens, a mes jornees.
Se vous veés de noz amis
Qui[1] soient de guerre[2] entremis,
Ja encontre eux ne vous metez,
Mais contre tous les confortez,
1.360   Et quant tant avrés desservi
Que par droit seront vostre amy,
Et qu'il le monstreront de fait,
Destournez vous y tout a fait ;
Et puis a eux me demandez.
1.365   Se mon cœur en est apressez,
Pour m'onnour m'en deffenderay,
Mais par signes je monstreray
Que la chose me vient a gré. »
A ces mos ont eux deux pleuré,
1.370   Et il ly dist : « Dieu le vous mire ! »
Seullement, que plus [ne] peult dire[3].
— La dame se gent demanda,
Sy escrisy tout son convine
Devers une sienne cousine
1.375   Qui moult estoit sage et secree,
La damoiselle plus privee
Y envoya que elle avoit
Et ung escuier qui estoit
Bien prèz cousins a la pucelle,
1.380   Erran[t][4] dist a la demoiselle,
En oyant, par devant sa gent,
: « Venez cha », dist elle, « Yolent ;
Il fault que ceste beste envoye
Ma cousine de Courtejoye.
1.385   Dictes ly que je ly envoy[5]
Que tresbien le garde pour moy,

F. 163, R°, c. 1

1. Ms : qui, qui.
2. guere.
3. Seullement que plus peult dire.
4. erran.
5. envoye.

Car moult ara en lui bel hoste,
Et, pour chou qu'on ne le vous hoste,
Ly meterez ne mes tourés,
1.390   Et coeuverquiez et bendelés,
Sy vestera me viesle cappe. »
— : « Hé ! las¹, et s'elle nous escappe,
Madame ? je serai honnie. »
— : « Il ne vous escappera mye »,
1.395   Dist elle, « si com² je le cuit ;
S'il escappe, je le vous quit³. »
— Quant il se furent atourné,
La dame dist sa volonté
A sa pucelle bassement ;   P. 163, R°, c. 2.
1.400   Sy s'en alerent radement
Par s'ordonnanche et son esgard,
Et la dame de l'autre part,
Tant qu'a son hostel fu venue.
La pucelle fu receüe
1.405   De se cousine liĕment,
Et ly escuierz ensement.
Tant que la lectre lui bailla
De creanche, elle y regarda
Et bien aperchut se faintise,
1.410   Et elle lui conta le guise,
Et que du chevalier feroit,
Et en quoy elle prenderoit
Le plus de son estorement.
Elle manda priveement
Ung sage [et] courtois barbier,
Sy ly fist rere et rongnier,
Soignier, bagnier et estuver ;
Vestir le firent et monter
Bien et fort hault et radement ;
1.420   Du sourplus usa ensement

1. Ms : *Hellas*.
2. *comme*.
3. *cuit*.

Que la dame lui commanda.
Tant fist qu'il l'eult et espousa
Par le gré de tous ses amis
Et des [1] bonnes gens du pays
1.425   Qui prisent en leur mariage
Pourfit et detry de dommage,
Car moult loyaument se porta.
Cy poeut on vëoir et verra

F. 163, V°, c. 1.

Que par son boin commenchement,
1.430   Son moien et son finement,
La dame si a point donna,
A point retint et refusa
Que [2] en tous cas garda s'onneur
Et loyalté à son seigneur.
1.435   Or voelle Dieux qu'ainsi puist estre
De toutes celles de noble estre,
Sy c'on ne [les] puist [3] blastengier;
Explicit du dit du prounier [4].

———

1. Ms : *Et les.*
2. *quen.*
3. *puisse.*
4. Le mot *prounier* du manuscrit a été barré ; au-dessus de ce *prounier* une autre main a écrit *chevalier* en abrégé, et en gros caractéres ; puis la même main a écrit au-dessous en grosses lettres le vers entier, trop long :
Explicit du dit du chlr.

INDEX DES NOMS PROPRES

GLOSSAIRE

Abauby, 829, déconcerté.

Acompaignier, 1308, associer à.

Aerdre, 406, saisir, attraper.

Afflire, afflit, 1295, abattre.

Ahanier, 205, bête de somme (de travail).

(s') *Aler* (partir), 279 (departir), 420. Comparer *aler* périphrastique avec infinitif, 388, 433, 447, 553, 607, etc.

Aloyere, 413, bourse, gibecière. Cf. du Cange : *Alloverium*.

Anoyer, 137, rime, indic. 3 p.

Anour, 1326, à côté d'*onour*, 1290, *onnour*, 1336 et *honneur*, 821, 1120, etc., commun.

Anuyer, anuit, 471 R, subj. 3 de *anuyer*.

Anuit, 472, cette nuit, aujourd'huy.

Apoingnier, 403, empoigner.

Appartenir, 94, être apparenté.

Agueuster, 619, mettre les coudes sur la table. — 1084, s'asseoir côte à côte.

Ataint, 802, blessé.

(S) *Atendre* (a), 105, se reposer sur.

Avencier, tirer honneur, avancement. Ind. 3. *avence*, rime 1121, (par correction. Cf. Lac. de Ste-Palaye, t. VII, p. 58 : *Honorer* : Quar qui meffait pardonne, il *s'avance* et honneure (*Doctrinal*. ms. de S. G., f. 102).

Avoir, Parf. 1 p., *euch*, 1291.

Auteux, 914 R., élevé, généreux. Manque dans Godefroy qui ne donne, t. IV, p. 440, que *hautal*. — « La sus ens el palais *hautal*, *Elie de S. Gilles*. »

Autel, 323, tel.

Autretel, 97, pareillement.

Auve, 584, oie.

Ayeue, 1179, R. et *aye*, 955 R., aide.

Bacheleret (pluriel), 69 R., jeune écuyer. — Godefroy, t. I, 546, donne par erreur *Bacherere* au singulier pour *bachereret*. « Lors se leva de nuit od ses forz *bachereres* et si se feri sor les herberges del rel, *Liv. des Machab.*, Mazarine, 70. »

Banniere (enquerquier), 1330, gloire, trophée. Cf. *faire banniere de*, etc.

Bendelet (pluriel), 1390. R, manque daas Godefroy qui ne donne que *Bandele*, I, 568, et Complément, VIII, p. 283. *Bondel*.

Bones, 32 R., bonnes dispositions.

Boniez (?) 1139 R, honteux (?).

Brouet (pluriel), 407, bouillon, jus.

Caloir, 358, 360 R, importer ; — *cault*, 360 R, subj. 3.

Chaingle, 500, sangle.

Chelier, 199, cellier, lieu de la veillée, ici veillée.

Cheminant, 545 (jours mal cheminant) mauvais pour le voyage.

Chifvel (pluriel), 407, civet.

Compagnon, 29, 59, sens ordinaire ; — 1043, associé pour les tournois, voir notes du texte.

Cointoier, 657, se parer, s'équiper.

Contenance (savoir sa), 275, manière de se tenir. Cf. *La Contenance de table*.

Contrejaire, 169, agir d'une manière contraire à.

Coquart, 336, sot.

Corps (mes), 73, périphrase commune pour *je* — *Avoir corps*, 892, développement physique.

Corps, cors, 38, 39 (*cursus*). *Faire le corps* signifie, semble-t-il, suivre le cours de sa carrière, la fournir, etc.

Cette expression revient souvent
dans le *Livre de Chevalerie* de Geof-
froy de Charny (Froissart. éd. Kervyn de Lettenhove. t. I, 2ᵉ part.,
p. 464; p. 466 : Si dirons d'une autre
maniere de gens d'armes qui entendent faire leur corps en alant hors
de leur pays ; p. 483, qui veult faire
son corps par convoitise d'avoir. »

Cours (le), 1186 en hâte.

Court, 463 (*tenir court* du savoir),
presser quelqu'un pour savoir.

Coute, 751, pièce de l'armure proté-
geant le coude.

Couvrir (se), 1143, dissimuler.

Crapeux, 343, sale (Wallonie et pays de
Bray, encore usité par le fabuliste
G. Haudent en 1547). Cf. *R. critique*
1884, I, p. 210.

Crassable. 392, sale, manque dans Godefroy.

Crombohier (ms. *cromsoiier*), 619, être
crochu ou voûté ; — Godefroy donne
seulement *crombiier*, v. actif, cour-
ber.

Crueux, 1185, creux.

Cubrer, 595, voir *qubrer*.

Cuidier, cuit, 1305, R. ind. 1 p., de
cuidier.

Cuiter, cuit, 1396, R. Ind. 1 p., de *cuiter*,
quitter, tenir quitte.

Deffillendré, *ee*, 256, effrangée, effilo-
chée, manque dans Godefroy. Cf.
filandre, frange, du Cange : *fermeil-
letum*, et le mot analogue cité par
Godefroy, *effilandré*, dont on a re-
tire les filandres ou fibres, « chairs
de bœuf recuites et *effilandrées*, Dé-
claration de Henri II, 18 mars
1550 ».

Derire, 241, derrière.

Deriere, 269 (faire un si long)? reculer
si loin.

Descoucher (se), 518, se lever.

Desloer, 1030, déconseiller.

Double (*més*), 625, double série de
plats. Voir notes du texte.

Draps (communs), 504, vêtements or-
dinaires. S'oppose à cet exemple de
Florent et Octavian (*Hist. litt. de la
France*, t. XXVI. p. 330) : car de
soye et d'or fin ferai bourses et
chains Et *nobles dras* aussy.....

Droit (de), 658 en face — *par droit*,

1361, — *a son droit*, 298, comme il
convient, à son tour.

D'un et d'el, 192, de chose et d'autre.

Dur (de le teste), 241, le sommet de la
tête. Exemple de *Perceforest* dans
L. de Ste Palaye, t. V, p. 273.

Effondrer, 1167, couler à fond.

Embarquer, *embarche* (en tel péril),
896, embarquer, engager.

Embrouillier (soi), 405, s'embarrasser.

Emplumé, *ee*, 235, couvert de plumes.

Empointe, 257, la couture? ou peut-
être le *haut* (?), de même que l'*em-
pointure*, terme de marine désignant
l'angle supérieur d'une voile.

Encachier, *encacha*, 1172, prétérit 3 p.,
de *eucachier*.

Endroit, 1043, moment.

Enneux, 644, aujourd'hui. Godefroy
ne donne qu'*eneut*, *anheux*, *anuit*.

Enruinyé, 392, rouillé pour *enroeillié*.

Entendre, *entent* (a), 188. ind. 1 p. de
entendre a, avoir l'intention de.

Escrienne, 199, veillée. Voir notes du
texte.

Escuerie, 888, classe des écuyers.

Esgard, 1401, disposition, ordre.

Eslongier, 747, allonger, et *esloingier*,
673, s'éloigner.

Espissier, 1331, marchand d'épices. V.
notes du texte.

Esquernir, 4 8, se moquer de = *escar-
nir*.

Estage (en san), 1226, et *estant* (en
son), 1222, debout.

Estequier, 237. Voir Godefroy : *esta-
chier*.

Estrain, 527, natte de paille ou de
foin.

Estre, futur, 3 p. *iert*, 132, exemple
unique, partout ailleurs *sera*, 189,
etc.

Estre, 234, 912, 1436, etat.

Estrait, estrait, cas sujet *estrés*, 95,
issu.

Faire. Diverses expressions : femme
toute à faire 1307, non adulte ; ungs
homs *tous fais* 1306, ayant tout son
développement physique. Comparer *Froissart* (édit. Kervyn de L.,
t. II, p. 62 : « Monseigneur, je suis
jone et encores a faire ». — Locu-
tions : faire son preu, 1121, 1299 ; —

à chef, 1218, à bout), indique le résultat final.

Oir, *oyr*, 714, 1087 R ; part. *oy*, 969, 1207 R ; ind., 3 p., *ot*, 305 ; imp., *ooit*, 516 ; parf.. 3 p , *oy*, 599, 1230 ; *oirent*, 1201 ; ful., 1 p., *orray*, 909 ; impér., *oyez*, 1207.

En oyant, 1381, en présence de témoins.

Paire, 31. espèce.

Parel, pluriel *paraux* 1106.

Paroir, 504, manque dans Godefroy, doit être synonyme de *parement* (Godefroy, t. v. p. 738), manteau ou vêtement de cérémonie. Dans une énumération analogue de Gui de Mori, remaniant le Roman de la Rose (*B. de l'Ec. des Chartes*, 1907, p. 2609), on lit :

Coevreciés, *plouroirs*, chains de laine.

Mais *paroir* est préférable à la correction *plouroir*, mouchoir, à laquelle on pourrait penser.

Passer route, 938, dépasser, l'emporter sur tous.

Perdre, 1286, 7 ; ind. 1, *perch*, 1286.

Peu, 1298, R ; *pau*, 599 ; *pou*, 517.

Plain (le lieu plus), 1173, le milieu. Cf. *Perceforest*, IV, p. 22, cité par Godefroy, X, p. 355. « Ils se mirent à cheminer, tenant toujours *les plains* de la forest. »

Plain (tout plain de), 148, 294, 712, beaucoup.

De plait (assaillir de), 1353, intenter un procès, chercher querelle.

Plein[s] et trenchiés souliers, 505. Voir *trenchiés*.

Poil, 1250 ; *peulz*, 1188, cas sujet.

Pooir, A vo *pooir*, 180 ; verbe : imp ; *pooie* 870 R, *poiez* 739, *pooient* 1218 ; parf. 3, *peut* 213 R *seult* ; *peult*, 1233, 1371 ; *pot*, 1155 ; Rime, 375, 714 ; fut 1, *poray*, 80. 473, etc.

Prendre, prinse, 14, formée ; ind. 6, *prendent*, 41 ; pf. 3, *prinst*, 393, 449, 513, 713, 1147 ; *presist*, Rime 1304 ; *presistes* R. 1258 ; *prisent*, 387, 1425.

Prier, *pri* 182 R, et *proy*, 911 ; indicatif 1 p. de *prier*, *proier*.

Pry, 1010, prière

Puier (soi) (par correction), 734, s'élever.

Quaveul, *quaveux*, 340, et *queviaus*, 243, cheveux.

Que (ferer), 498, elliptique, à ferrer.

Que, 1187, comme.

Quousdre, *Queust*, 304, ind. 3 p. de cousdre, qousdre.

Qubrer, 595 (coubrer, cubrer), gêner, embarrasser.

Record, *Recorps*, ms. 37 R, record, entretien, récit.

Remetre, *remesistes*, 1259 R, *presistes*.

Repruver. 174, 323, reprocher.

Restendre (soi), 452. s'allonger

Respondre, *responderay*, 664, 988, fut 1 de *respondre*.

Roi qui ne ment (ms. *jeu qui ne ment*) R, 649, jeu de société. Voir notes du texte.

Retraire (soi), *retret*, pf. 3, 563, pour *retraist*.

Revel, pl. *reviaux*, 314, R., plaisir.

Riant (en son), 119.

Riche (d'esperance), 1048.

Ridé, ce, s, 250, plissé.

Rongnier (sur le pigne), 446, 1446, couper, raccourcir sur le peigne qu'on passe dans les cheveux.

Samblans (a mes), 538, à ce qu'il me semble. — Godefroy ne donne pas le singulier.

Saison (si pau de saison), 983, en si peu de temps ; — *de saison*, 22, de bonne heure ; — en fin *de saison*, 943.

Savoir, 135 R, parf. 3, *seult*, 214 R., 827, 1154 ; *sout*, 842, etc. : fut. 1. *saray*, 820 R.

Second, 644, autre.

Seullement, 1371, pas plus.

Seur, 904 (cuidier *seur* my), à mon sujet, sur mon compte.

Seur, *seurs*, 9, sur, aigre.

Sordois (en), 316 (ms. : *sortois*), en sourdine, à mi-voix. Cf. Godefroy : *sourdois*.

Souffrir, 893, s'abstenir, attendre ; *souffrez* vous, 1285, abstenez vous.

Sorler, pour *soller*, 252.

Sourcot, 553, vêtement de dessus. Cf. Lac. de Sainte-Palaye : « Un *surcot* à chevauchier pour le roy. (Nouv. Compte de l'Argenterie, p. 20.)

Sourjouster, 946, vaincre à la joûte.

Soutil, soutieue, 1178 R ; *soutieuement,*
998, subtilement.

Tant que, 164, en ce qui concerne.
Tenir, ind. 1 p., *tieng*, 678, 798 ; Pf. 3,
tint, 1045 R ; cond. 1, *terroie*, 1352.
Tenve, 598, mince, menu.
Terriere 363, fém., propriétaire de
grandes terres.
Tierche (sonnant), 507, la 3ᵉ heure du
jour dans l'ancien comput, vers
9 heures du matin aujourd'hui.
A tour (venir), 648, l'un après l'autre.
Tout, 91, 357, bien que, quoique.
Trait, trais, 704, t. de jeu. coups,
adresses.
Traire, traist (se), 944, parf. 3 p., de
traire.
Trenchiez, 505, solliers, *trenchiez ne
plain*, découpés. Cf. du Cange,
Sotulares excolati, VI, p. 418. R. du
Riche homme et du ladre :

> Et si ont les longues cornetes
> Et leurs solers fais a blouquetes ;
> Par devant les font detrenchier,
> Mais [il] vauroient mius entier.

> Et encore *De l'Unicorne*, Bib.
Nat., 837, fᵒ 80 :

> Lors dras font creter et taillier,
> Et lor solerians *detrenchier.*

Tresquerie, 311, danse.

Trou (dessous le nez), 404, encore
noté comme trivial au xviiᵉ siècle
par les *Curiosités de la langue française* d'Antoine Oudin : « Le trou
trop ouvert sous le nez fait porter
souliers déchirés. » V. au mot *souliers.*
Turbiert, 1132, pour *trubert.* Voir notes
du texte : nigaud, mal élevé.
Ty, 480 R, exemple unique, toi.

Valoir, ind. 3 p., *vault*, 1284, et *vaut*,
888 ; pf. 3, *vault*, 227 ; cond. 5, *vau-
riès*, 352 ; i. du subj. 5, *vaulsissiez,*
1127.
Varier, varioient, 1225, changer de
sentiment ou hésiter.
Veoir, 1265 ; *veïr*, 427 R ; *vir*, 714 ; Pf. 1,
vy, 481, 794 R ; 3, *vit*, 208 R ; i. du
subj., 3, *veïst*, R 622.
Vil, viez, vieux : fém. *viesle*, 1391.
Vieux, 155 R, féminin : vil.
Ville, villette, 307, hameau ; 303, 306,
village.
Voloir, ind. 1, *voeul*, 1286 R, *peut* ; item
voel, 57, 73, etc. ; parf. 3, *vault*, 58,
647, 715 ; fut. 1, *voray*, 486 ; cond. 1,
voroye et *vauroye*, 871, 1261 ; 3,
voroit, 903 R ; 5, *vauriés*, 327 R, 1090 ;
i. du subj. 6, *vaulsissent*, 206.
Voeul, 485, volonté.

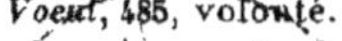